Ursel Bäumer

Louise

Roman

NAGEL UND KIMCHE

Die Autorin dankt dem Senator für Kultur für die Unterstützung des Romans durch das Bremer Autor*innenstipendium 2021. Außerdem gilt ihr Dank der Landesvertretung Bremen beim Bund für die Unterbringung im Gästehaus während ihres Arbeitsaufenthalts in Berlin 2022.

Der Senator für Kultur — Freie Hansestadt Bremen

1. Auflage 2023
Originalausgabe
© 2023 NAGEL UND KIMCHE
in der Verlagsgruppe HarperCollins Deutschland GmbH, Hamburg
Gesetzt aus der Centennial LT
von GGP Media GmbH, Pößneck
Druck und Bindung von CPI books, Leck
Printed in Germany
ISBN 978-3-312-01280-0
www.nagel-kimche.ch

Der schöpferische Impuls für alle meine Arbeiten der letzten fünfzig Jahre, für alle meine Themen, ist in meiner Kindheit zu suchen. Meine Kindheit hat nie ihre Magie verloren, sie hat nie ihr Geheimnis verloren, und sie hat niemals ihr Drama verloren.

Louise Bourgeois

Prolog

Ich war eine Raupe, die so lange Seide aus ihrem Maul zog, um ihren Kokon zu bauen, bis sie aufgebraucht war und starb.
Ich bin der Kokon.
Ich habe kein Ich.
Ich bin mein Werk.

Ich bin *Les Bienvenus*, die Skulptur in den Bäumen von Choisy-le-Roi, die Figur in der Spirale, die nicht weiß, wo oben und unten ist.
Wo soll ich ansetzen? Am Rand oder im Zentrum?
Nähere ich mich von außen, verschwinde ich im Wirbel und versinke im Chaos.
Beginne ich in der Mitte, werde ich an den Rand getrieben und bin sichtbar.
Wie viele Bewegungsimpulse gibt es in dieser Spirale? Und kehren sie dann einander um?

Ich bin *Maman*, die neun Meter hohe Spinnenskulptur aus Stahl und Bronze mit sechsundzwanzig Eiern aus Marmor im Beutel. Die Fruchtbare. Die Nährende. Die Geduldige. Die Beschützerin. Die Reparateurin.

Ich bin *Choisy*, das marmorne Elternhaus in einem Metallkäfig unter einer überdimensional großen Guillotine; Fallbeil der Gegenwart, das die Vergangenheit von mir abschneidet.

Ich bin *Portrait*, der aus Stoffen zusammengenähte Kopf, der am Fleischerhaken von der Decke eines Käfigs baumelt, mit sichtbaren Narben notdürftig zusammengehalten, mit hohlen Augen und offenem Mund.

Ich bin *Femme Maison*, der weibliche Torso mit einem Haus anstelle des Kopfes, eingesperrt und schutzsuchend gleichermaßen.

Ich bin *The Destruction of the Father*, die rote fleischige Höhle mit Phallusgebirgen, brustähnlichen Wölbungen und latexüberzogenen Knochenresten, Überbleibsel einer kannibalischen Mahlzeit.

Ich bin *Filette*, das männliche Geschlechtsteil aus Latex und Gips, das sich wie eine Puppe auf dem Arm herumtragen lässt.

Ich bin die geheimnisvolle Zelle, die sich dem Blick nur durch versteckte Lücken und Gucklöcher öffnet, das weiße Kinderhemdchen neben dem übergroßen schwarzen Mantel am Haken, die Eisenpritsche mit dunkler Flüssigkeit, die düsteren Schatten der Glasphiole.

Ich bin das Innere verborgener Räume, angefüllt mit rätselhaften Gegenständen: abgeschnittenen Füßen und Händen aus Marmor, Schröpfgläsern, Spiegeln, antiken Sesseln, aufgespießten Nadeln, abgerollten Wollfäden, Fetzen von Tapisserien und Gobelinstoffen, durchbrochenen weißen Blusen, Unterröcken auf dünnen Bügeln hinter Maschendraht, Chiffonsäcken, die wie abgezogene Häute von der Decke baumeln.

Ich bin der verbotene Ort des Schweigens, der einen anzieht, wie man von einem Abgrund angezogen wird, die Schwelle, die es zu übertreten gilt, um hinter eigene Geheimnisse zu kommen, der geheime Ort unter der Treppe, von dem aus das Kind ein mit roten Tüchern bedecktes Eisenbett beobachtet und die Schrift auf dem bestickten Kopfkissen zu entziffern versucht: *Je t'aime.*

Ich bin der Thron in *The Confessional*, die hoch aufragenden hölzernen Lanzen in *Night Garden*.

Ich bin *No Exit*, die Treppe, die ins Nichts führt.

Ich bin meine Kunst.

I

Von den vielen Räumen in unserem Haus in Antony war mir Papas Arbeitszimmer immer der geheimnisvollste, ein verbotener Ort, der mich anzog. Einmal den Füllfederhalter auf der Schreibtischablage verrücken, die Ledermappe mit den Rechnungen berühren, einen Kieselstein in die Hand nehmen und prüfen, wie schwer sich die Glücksmomente in seinem Leben anfühlen, denn jeder Stein der Sammlung in der Holzkiste stand für einen Augenblick des Glücks.

Wann immer die Tür einen Spalt offen war, habe ich hineingelugt, aber nie gewagt, den Raum zu betreten.

Aber jetzt, wo Maman schon so lange oben krank in ihrem Bett liegt und schläft, Papa unterwegs ist und ich dafür sorge, dass die Arbeiterinnen in der Werkstatt ihr Geld bekommen, die Abrechnungen stimmen und Arztrechnungen pünktlich bezahlt werden, sitze ich an seinem Eichensekretär, auf dem mit Vögeln und kunstvollen Blumenmustern bezogenen Sessel, und niemand hindert mich daran, Schubladen aufzuziehen, Papiere zu durchwühlen, eine Zigarrenkiste mit alten Fotos zu öffnen.

Papa als kleiner Junge auf einem Schaukelpferd. Der gleiche hohe Haaransatz, die gerade schlanke Nase, die blauen Augen.

Mein Glück, dass ich solche Ähnlichkeit mit ihm habe.

Schau doch, Louis, das Baby ist dir wie aus dem Gesicht geschnitten, wir nennen es Louise!

Ausgerechnet an Weihnachten muss ich auf die Welt kommen. Keine Austern, kein Champagner in Clamart mit den Großeltern, Papas Bruder Désiré, Madeleine und Jacques und Maurice und den anderen, auch dem Doktor habe ich das Fest verdorben.

Ich sehe, wie Maman beschwörend, besänftigend zu Papa hinüberschaut und erleichtert ist, als sich seine Miene bei dem Gedanken, dass ich aussehe wie er, sichtlich aufhellt.

Kein Junge also, sagt Papa und zwirbelt verstimmt an seinem Schnurrbart. Wieder kein Junge! Das dritte Mädchen! Noch einmal streicht seine Hand nervös über den Bart.

Und dann höre ich, wie er zärtlich Louis sagt, das i so in die Länge zieht, dass ein s kaum zu hören ist. Louison, Louisette, Lison noch einmal, als probierte er den Klang des Namens immer wieder neu aus, sehe, wie er ein weiteres Scheit Holz auflegt und noch eins, damit die große Wohnung mit vergoldeten Kronleuchtern, Tapisserien, antiken Möbeln und der gediegenen Holzvertäfelung am Boulevard Saint-Germain warm wird.

Niemand hindert mich heute daran, in seinem Sessel zu sitzen, zu träumen und aus dem Fenster in den Garten zu schauen, auf Obstbäume und Rosen, die jetzt im September nur noch vereinzelt blühen, aufs Gartentor, auf einen Weg, der an einem breiten Fluss entlangführt, auf mich als kleines Mädchen, wie ich dort mit meiner Schwester Henriette spiele, dass der Fluss über die Ufer getreten ist, wie in dem Jahr, bevor ich geboren wurde, als das Wasser am Pont d'Austerlitz die Achtmetermarke überschritt und die Fluten die Schultern des steinernen Zuaven am Brückenpfeiler des Pont de l'Alma umspülten. Als Paris Venedig glich, die Straßen nur mit Booten und Kähnen zu befahren waren.

Ich sehe die Seine unterhalb unseres Hauses. Das Wasser, das über die Kaimauer schwappt, den Weg überschwemmt, die Böschung hochsteigt bis zu unserem Garten, zum Tor, nach Bäumen greift, nach Dingen, die nicht fest verwurzelt sind, unser Haus erreicht.

Wie ich nachts wach liege und auf die Geräusche am Fluss horche, ihn wachsen, näher kommen höre, jede Nacht.

Und als würden tagsüber andere Gesetze gelten: wie ich mit Henriette am Ufer stehe, Menschen auf Schiffen zuwinke, die Bugwellen der Kähne beobachte. Wie wir spielen, das Floß, das wir uns aus herumliegenden Ästen gezimmert haben, würde uns bei Hochwasser retten, und wie wir es im Efeu hinter der Mauer verstecken, zwischen toten Fischen, roten Brombeerranken, Brennnesseln und Schöllkraut, unter den ausladenden Zweigen der Weiden. Wie Henriette sich auf das Plateau am Fluss hockt, den Möwen, die von der anderen Seineseite zu uns herüberfliegen, ihre leere Handfläche hinhält, als wolle sie sie füttern, und zurückzuckt, als sie so dicht über unsere Köpfe hinwegfliegen, dass sie Schatten werfen.

Ob Papa uns damals beobachtet hat? Ob er von meiner nächtlichen Angst wusste, der Fluss könnte sich plötzlich in einen mächtigen Strom verwandeln, alles überfluten und mich und uns alle in den Tod reißen?

Nein, ich glaube nicht, dass Papa unserem Spiel an der Seine jemals Beachtung schenkte. Ich glaube auch nicht, dass er von meiner Angst vor Flüssen weiß. Wir brauchen den Fluss für unser Geschäft mit Tapisserien.

Er fing erst an, mich wahrzunehmen, als ich für die Werkstatt Füße zu zeichnen begann, als wir schon längst nicht mehr in Choisy-le-Roi an der Seine, sondern in Antony an der Bièvre wohnten. In dem Jahr, als Papa und Maman händeringend einen Zeichner für die Kartons suchten, die als Vorlage beim Ausbessern der Teppiche nötig sind, weil Monsieur Gounaud ausfiel und die Aufträge dringend fertig werden mussten. Monsieur Gounaud, die Primadonna, der begehrte Zeichner, der gleichzeitig für die Gobelinmanufaktur in Paris arbeitete und kam, wann er Lust und Laune hatte. Die Amerikaner drängten, sie hatten gleich mehrere Teppiche im Laden in Paris bestellt. Mamans Angestellte, über zwanzig junge Frauen, liefen zu Hochtouren auf, mit Nadel und Wolle wurde ausgebessert, nur mit Wolle, keinesfalls mit Baumwollkettfäden, wie die es bei den Gobelins machten. Ich höre noch Mamans Stimme, so entschlossen und laut wie sonst nie. Ich kann mich nicht daran erinnern, dass sie sonst mal laut geworden ist. Aber in dem Punkt war nicht mit ihr zu diskutieren.

Ist das klar, Louis, wir nehmen nur Teppiche, die vor 1830 gefertigt wurden, aus reiner Wolle und Seide, und wir benutzen nur natürliche Färbemittel, keine chemischen!

Sie ist die Chefin. Im Erneuern, im unsichtbaren Zusammenfügen, im Reparieren und Rekonstruieren.

Wie eine Spinne. *Jeden Tag ein bisschen das reparieren, was gestern kaputtgegangen ist, nicht wahr. Wenn man lange genug lebt, wird man perfekt darin.*

In dieser Hinsicht sind sie ein gutes Team. Papa stöbert die beschädigten Teppiche irgendwo auf Pferderücken, verlassenen Dachböden, in Scheunen oder Bauernhäusern auf, und Maman reinigt, fügt zusammen, repariert, stellt wieder her.

Und dann kam der Tag, an dem Monsieur Gounaud ausfiel und Maman mich zur Seite nahm.

Er ist so unzuverlässig, Louise. Versuch du es.

Du zeichnest doch dauernd. Wir könnten weitermachen, wenn du uns hilfst.

Papa lehnte gerade am Türrahmen seines Arbeitszimmers und schaute zu mir rüber, aber er sagte nichts.

Ich war mir unsicher, ob er so tat, als hätte er Mamans Aufforderung nicht gehört.

Mamans Stimme klang entschlossen, wie immer, wenn es ums Geschäft ging.

Du zeichnest doch dauernd, Louise. Wir könnten weitermachen, wenn du uns hilfst.

Ja, ich kritzelte in jeder freien Minute meine Gedankenfedern, wie ich sie nenne, irgendwohin. Ich tat es einfach, weil ich nicht anders konnte. Zeichnete auf lose Blätter, in Hefte oder meine Tagebücher. Es beruhigte mich, zu zeichnen und aufzuschreiben, weil es dem, was ich sah, was ich tat und dachte, eine Ordnung gab. Ich konnte darin blättern, mich vergewissern, dass es meine eigenen Eindrücke und Erinnerungen waren. Meine Regale waren voll von diesen Kritzeleien, und nun wollte Maman, dass ich für sie das tat, was für mich selbstverständlich war.

Schaut her, ich bin Louise, die zeichnen kann! Wie stolz ich vorm Spiegel stand und mich ansah.

Denn so viel stand fest, wenn ich für sie zeichnen sollte, dann hieß das erstens, dass ich zeichnen konnte, und zweitens, dass ich, obwohl ich erst zwölf Jahre und dazu noch ein Mädchen war, wertvoll und nützlich für sie werden könnte.

Monsieur Gounaud ist so unzuverlässig, Louise, versuch du es!

Du zeichnest doch dauernd. Wir könnten weitermachen, wenn du uns hilfst.

Bis dahin schien ich für Papa nicht sichtbar zu sein. Bei den täglichen Mahlzeiten versuchte er mich kleinzuhalten wie alle am Tisch oder schickte mich im Sommer, wenn ich mit Pierre im Zelt übernachtete, mit dubiosen Aufträgen durch die Nacht zum Haus.

Schämst du dich nicht, Louise, in deinem Alter solche Angst im Dunkeln zu haben?

Hol dir einen neuen Teller aus der Küche, Louise! Nun geh schon, hol den Salzstreuer aus der Vitrine!

Während Maman beschwichtigend auf ihn einredete:

Lass sie doch, Louis!

Aber er schüttelte ihre Hand ab.

Soll ich ihr das etwa durchgehen lassen? Ich will nicht, dass meine Kinder Angst im Dunkeln haben, und ich werde sie ihnen austreiben.

Ich tastete mich durch eine schwarze Wand zum Haus, selbst den Nachthimmel konnte ich nicht sehen, weil die Zweige der Obstbäume über mir ein Dach bildeten, manchmal schimmerte das Licht aus der Küche durch die Bäume.

Schämst du dich nicht, Louise, in deinem Alter solche Angst im Dunkeln zu haben?

Nein, ich schämte mich nicht, ich fürchtete mich.

Aber seit dem Tag, als Maman mir erklärte, wie wichtig es für sie sei, wenn ich Füße zeichnete, Füße, die den Figuren auf den Bildteppichen oft ganz fehlten oder die beschädigt waren, weil die schweren Tapisserien in den großen Sälen der Schlösser wie eine bewegliche Architektur hin und her geschoben worden waren, da spürte ich, wie sich etwas veränderte.

Als ich anfing, Füße als Bildvorlage für die Arbeit in der Werkstatt zu zeichnen und alle sie wunderbar fanden, Monsieur Gounaud plötzlich überflüssig wurde und die Amerikaner ihre Teppiche durch mich pünktlich restauriert erhielten, bemerkte ich es zum ersten Mal.

Ich saß gerade auf dem Sofa und kritzelte in mein Tagebuch, und als ich aufschaute, sah ich, dass Papa mich vom Flur aus beobachtete, und dann hatte er es plötzlich so eilig, dass er fast die Lampe auf dem Schränkchen im Flur umgerissen hätte. Wie ungelenk er versuchte, sie wieder aufzurichten und das Spitzendeckchen darunter glattzustreichen. Wie hastig er im Arbeitszimmer verschwand, die Tür etwas zu laut schloss und wenig später einen Arbeiter zu sich rief und brüllte:

Worauf warten Sie eigentlich? Warum sind die Teppiche immer noch nicht verladen?

Und noch Tage später hatte ich den Eindruck, er könnte mir nicht ins Gesicht sehen, als hätte er etwas von sich preisgegeben, was er schützen wollte.

2

Haben Sie die Teppiche immer noch nicht verladen? Worauf warten Sie eigentlich?

Ich bin hier der Herr im Haus!

Der gleiche hohe Haaransatz, die hellen Haare, blauen Augen, die gerade schlanke Nase. Dass ich solche Ähnlichkeit mit ihm habe, sichert mir meine Sonderstellung als seine Vertraute vor Henriette und Pierre, obwohl ich kein Junge bin.

Und, Louise, vergiss nicht, Maman die Medikamente zu geben und täglich Fieber zu messen morgens und abends, hörst du! Schreib mir jeden Tag, wie es ihr geht! Ich bin so schnell wie möglich wieder zurück, und dann bring ich dir etwas Schönes mit. In Italien gibt es wunderbare Stoffe. Oder möchtest du einen Seidenschal oder schicke Lederschuhe aus Spanien?

Und ich stehe da, gebe keine Antwort, mache eine vage Bewegung auf ihn zu, als wollte ich ihn zurückhalten, und erst als er endlich mit seinem schwarzen Chrysler über den Kies durchs Tor auf die Straße Richtung Paris rollt, hänge ich mich so weit aus Mamans Schlafzimmerfenster, dass ich fast das Gleichgewicht verliere, nur um ihm zum Abschied zuzuwinken.

Hast du Papa ausgerichtet, wie froh ich bin, dass es mir besser geht, Louise?

Maman setzt sich mühsam in ihrem Bett auf.

Sag ihm, dass ich bald wieder gesund bin. Hörst du! Schreib ihm, er braucht sich keine Sorgen zu machen. Wenn er zurück ist, stehe ich wieder in der Werkstatt. Versprochen.

Irreparable Spätfolgen, sagen die Ärzte. Das Lungengewebe ist zerstört. Ihr Herz schwach. Dagegen helfen keine Medikamente.

Sie zucken mit den Schultern, während Maman Blut hustend oben in ihrem Schlafzimmer liegt, eingesunken in eine Mulde von Kissen, unverändert seit langer Zeit, in diesem merkwürdigen Ödland zwischen Leben und Tod, in dem sie schon einmal lag, vor dreizehn Jahren, während der großen Grippepandemie, der Spanischen Grippe, die beinahe eine halbe Million Menschen in Frankreich tötete, an der mehr Menschen starben als auf den Schlachtfeldern des Ersten Weltkriegs.

Die Diagnose, wie bei Maman, fast immer die gleiche: Lungenentzündung infolge Influenza. Ringen nach Luft, Ersticken im Hustenkrampf, am Lungenödem, an Herzversagen, und kein Arzt kennt damals ein Mittel dagegen, außer:

Allgemeine Schonung, tiefes Atmen an frischer Luft, Chinin einnehmen zur Vorbeugung. Einige empfehlen sogar Rum, Cognac und Grog als heilendes Desinfektionsmittel.

Wir brauchen *une sélection rigoureuse*, verkünden die Ärzte, unternehmen hilflose Versuche, die Pandemie einzudämmen.

Die schwersten Fälle kommen ins Krankenhaus. Kein Besuch. Spucken in Straßen und Eisenbahnen unter Strafe verboten. Schulen, Theater, Kinos bis auf Weiteres geschlossen. Taufen und Hochzeiten müssen verschoben werden. In Restaurants einen Mindestabstand zwischen Gästen und Mitarbeitern einhalten. Eigenes Besteck und Geschirr verwenden. Schutzmasken tragen.

Maman kämpfte. Beobachtete bei vollem Bewusstsein unter qualvoller Atemnot und unerträglichen Schmerzen die Rettungsversuche der Ärzte, an deren Gesichtsausdrücken und Gesten ich abzulesen versuchte, wie es um sie stand. Ich hörte ängstlich zu, wenn sie sagten:

Die Lunge ist in einem schlechten Zustand, der rechte Lungenflügel scheint sehr beschädigt, das Fieber steigt weiter, ein schlechtes Zeichen.

Oder: Heute geht es ihr besser. Öffne das Fenster, sorge für frische Luft und dafür, dass sie viel inhaliert. Vielleicht haben wir doch eine Chance.

Ich wartete oft am Fenster auf Papa, spähte verstohlen durch die Gardine, ob sein Auto die Straße entlangkam, als es dunkel wurde und er immer noch nicht zurück war.

Wenn er auf Reisen war, schrieb er uns täglich Briefe, trug mir auf, mich gut um Maman zu kümmern, das zu tun, was die Ärzte anordneten und ihm täglich über ihren Zustand zu berichten. Er machte sich ernsthaft Sorgen um sie.

Zu Hause saß er oft auf dem Sofa, sein Gesicht hinter einer Zeitung verborgen. Denn er wollte nicht, dass wir

Kinder sahen, wie traurig er war. Er glaubte nicht an ihr Überleben.

Aber er war im Unrecht. Alle hatten unrecht, die Ärzte, die Pflegerinnen.

Maman überlebte, wenn auch geschwächt und beschädigt.

Mit Maman alles in Ordnung?

In letzter Zeit fragt Papa nur noch beiläufig nach ihr, lässt sich in seinen Sessel im Wohnzimmer fallen, ohne eine Antwort zu erwarten, während ich versuche, Mamans blutiges Taschentuch vor ihm zu verstecken. Als schämte er sich für die Schwäche und Krankheit seiner Frau, als wäre es ein Makel, ein Hemmnis, eine Verhinderung seines Lebens.

Von seinen Reisen bringt er ihr regelmäßig Pralinenschachteln mit oder stellt Blumen an ihr Bett, obwohl er wissen müsste, dass sie keine Pralinen mehr isst und Blumen im Zimmer nicht gut für ihre Lungen sind. Dann verschwindet er nach kurzer Zeit mit der Ausrede, er müsse noch mal los, ein dringender Auftrag, ein Kunde, der auf ihn warte.

Nimm es ihm nicht übel, Louise! Er hat so viel mit dem Geschäft zu tun. Und dann noch die Werkstatt. Wie soll er das alles allein schaffen?

Und ich bin den ganzen Tag mit dem Haus beschäftigt, der Wäsche, den Angestellten, der Pflege an ihrem Bett; seine Sträuße mit Anemonen, Rosen und Dahlien im Arm und feinste Pralinenschachteln in glatter Zellophanhülle, die mir aus der Hand rutschen.

Warten Sie, Mademoiselle!

Eines der Mädchen aus der Werkstatt kommt mir zu Hilfe.

Geben Sie mir die Blumen, ich bringe sie ins Esszimmer. Wie gut sie duften.

Sie steckt ihre Nase in die Blüten, atmet tief ein und verschwindet auf dem Flur, während Maman sich mit äußerster Anstrengung aufrichtet und sagt:

Ich bin sicher, dass Papa sich freut, wenn du ihm erzählst, wie schön ich den Strauß Rosen fand. Du sagst es ihm doch, Louise, nicht wahr?

Im kleinen Esszimmer in Antony sieht es aus wie im Blumenladen, in jeder Ecke ein Strauß. Ich werfe die Pralinenschachteln auf den Tisch und stoße mit einem Ruck die hohen Fenster auf, bevor ich mich erschöpft auf eine Sessellehne fallen lasse und nach draußen starre.

Vor der Werkstatt stehen zwei Arbeiter, die stumm an ihren Zigaretten ziehen, auf dem Kiesweg Papa, der zu seinem schwarzen Chrysler geht, um nach Paris zu fahren. Er dreht sich um, schaut zum Fenster hoch, hebt kurz die Hand und wendet sich schnell wieder ab.

Es wird keine Veränderung mehr geben, Louise, scheint er zu sagen. Maman wird immer weiter in diesem Zustand existieren, und wir können nichts anderes für sie tun.

Meine Hände krampfen ineinander.

Du wirst nicht sterben, Maman! Nie! Nie!

3

Wenn ich nur wüsste, Maman, dass du schon morgen wieder auf einer Bank in der Sonne im Garten säßest, mit einer Petit-Point-Stickerei oder einer Tapisserie auf dem Schoß. Es gibt Tage, da bin ich fest überzeugt, dass es irgendwann wieder so sein wird. Dass du den Arbeiterinnen Aufträge erteilst, mit entschlossener Stimme, wie du es immer getan hast:

Bringt die Teppiche zum Auswaschen an den Fluss! Hockt euch in die mit Stroh gepolsterten kleinen Holzkästen auf die Steine an der Bièvre und sorgt dafür, dass eure Männer euch helfen, die vollgesogenen schweren Textilien aus dem Fluss zu ziehen und auszuwringen! Anschließend die Teppiche zum Trocknen ausbreiten, hört ihr! Wie immer mit der Rückseite nach oben, damit sie nicht ausbleichen. Und wir brauchen noch Cochenille, Indigo, Schwarz, aber nur das von schwarzen Schafen. Und prüft auf jeden Fall vorher, ob es sich wirklich um reine Wollteppiche handelt, ihr wisst schon, man findet es mit einem Trick am Geruch heraus!

Ich würde ihnen zur Hand gehen, Maman, an einem Ende festhalten und mit aller Kraft das Wasser herauspressen, ihnen beim Trocknen und Färben helfen. Sie daran erinnern, dass die Bièvre manchmal kein Wasser mit sich führt.

Du weißt, Maman, erst neulich haben die Leute von der Stadt plötzlich oberhalb unseres Hauses die Schleusen abgesperrt. Keine Ahnung, warum. Vielleicht bewässern sie damit die Erdbeeren, die in Antony in Hülle und Fülle für die Pariser Märkte wachsen. Und erinnerst du dich, wie es bei uns unten nach Moder und toten Fischen stank? Im ganzen Haus dieser Geruch.

Ekliger Gestank, vor allem, wenn die Männer aus Antony dann in Gummistiefeln im Schlamm stehen und die ganze Pampe in unserem Garten und auf ihren Feldern verteilen. Aber zugegeben, Geranien, Pfingstrosen und Buchsbaum wachsen besser seitdem. Fast schon zu gut. Überall dieser Buchsbaum, an den Wegen, um die Rosenbeete, um Papas Statuen. Er riecht merkwürdig schwefelig, wenn es regnet.

Draußen scheint jetzt die Sonne, Maman. Soll ich das Fenster öffnen? Dir etwas von der Gemüsebrühe geben? Oder dir noch mal die Fotos von meiner Schiffsreise zeigen, die Papa mir zum bestandenen Examen geschenkt hat?

Schau mal, hier stehe ich vorm Schloss Kronberg, du weißt schon, da, wo Shakespeare seine Tragödie *Hamlet* angesiedelt hat.

Wie elegant ich aussehe, Maman, mit meinem Faltenrock und dem schicken Hut. Hier vor der Kleinen Meerjungfrau in Kopenhagen, und ich glaube, das Foto hier ist auf Gotland aufgenommen, das in Danzig, Helsinki … und sieh mal da, Madame Luer und die anderen, die mit mir gereist sind, vor der Eremitage in Leningrad.

Ach, wenn ich gewusst hätte, wenn ich nur vermutet hätte, dass es dir schlechter gehen würde.

Als du mir schriebst, Maman, dass das Haus so leer ohne mich, deinen Schutzengel, sei, hätte ich gleich umkehren sollen.

Ja, ich bin dein Schutzengel.

Ruh dich aus, Maman. Du brauchst nichts zu sagen, lehn dich in deine Kissen zurück. Lass die Augen geschlossen.

Ich bin wieder zurück. Jetzt wird alles gut. Alles wird gut, ganz sicher.

Du willst doch wieder gesund werden, Maman, oder nicht? Schon wegen der Werkstatt. Wir brauchen dich dringend, jetzt im September, wo das Wetter günstig zum Trocknen ist und die Aufträge sich häufen. Die Amerikaner drängen, sie wollen pünktlich ihre Lieferung.

Maman? Hörst du?

Mit dir könnte es weitergehen, und ich helfe dir. Ich bin so froh, dass ich dir mit dem Zeichnen helfen kann. Indem ich zeichne, nimmt etwas aus meinem Kopf Gestalt an, ich mache es real, verstehst du. Deshalb schreibe ich auch Tagebuch, jeden Tag die Eindrücke im Kopf in Worte und Bilder verwandeln, damit sie ihre Macht verlieren, mich zu verletzen oder mir Angst zu machen.

Indem ich zeichne und schreibe, füge ich etwas zusammen.

Darin bist du doch ebenfalls eine Meisterin, Maman, oder nicht? *Jeden Tag ein bisschen das reparieren, was gestern kaputtgegangen ist, nicht wahr?*

Fehlende Gliedmaßen ersetzen fürs Remake, Reweave. Oder Genitalien durch Blumen austauschen, wie es die Amerikaner wünschen.

Das Zeichnen fällt mir so leicht. Hast du meinen Bacchuskopf gesehen oder die kleine Büste von Louise Brongniart? Sind gar nicht schlecht geworden, das meinen auch meine Lehrer in der École nationale supérieure des Arts Décoratifs. Ich werde besser, indem ich übe. Immer besser. Und es bedeutet mir viel.

Wenn ich dasitze und nach Modellen zeichne, ist es total still im Atelier, alle arbeiten konzentriert. Ich liebe diese Stille, Maman, ich fühle mich dann als wirkliche Künstlerin.

Hörst du mich eigentlich?

Das Bett, das Zimmer scheinen größer und größer zu werden, je länger ich hier bei dir bin. Du bist so weit weg, Maman.

Schnell, nimm meine Hand! Bitte, nimm meine Hand!

Do not abandon me, Maman! Versprich es mir!

Petite Maman, ne me quitte pas, hörst du!

Warum sagst du nichts?

Ist es zu anstrengend für dich? Willst du, dass ich still bin?

Ich versprech's. Aber ich ertrage die Stille nicht, dein Schweigen nicht, die bedrohlichen Geräusche aus deiner Brust, dein Röcheln, meinen lauten Herzschlag nicht.

Der Arzt klopft heftig an die Schlafzimmertür und reißt sie auf, noch bevor ich Herein! rufe.

Sie wird es schaffen, Herr Doktor, nicht wahr? Ihre Haut sieht heute besser aus, und sie hat sogar von der Gemüsebrühe getrunken, die ich ihr gekocht habe. Alles frisch aus unserem Garten.

Sie würden eine Veränderung doch sofort erkennen, oder nicht? Was meinen Sie? Sagen Sie es mir!

Wenn sie wieder gesund wird, dann schwöre ich etwas, Herr Doktor:

Ich schwöre hiermit hoch und heilig, niemals zu heiraten.

Das ist mein Gelübde. Sie sind mein Zeuge.

Der Arzt, die Hände in den Kitteltaschen, schaut nicht zu mir, nicht zu meiner Mutter, er schaut auf etwas jenseits der Wand.

Sagt ruhig: Warten Sie draußen, Mademoiselle.

Und ich rühre mich nicht von der Stelle, stehe auf dem Treppenabsatz, bis ich wieder zu ihr kann.

Wenn mir nur jemand helfen könnte. Irgendjemand.

Warum kommt Henriette nicht? Wo sind sie alle? Wo ist mein Bruder Pierre? Wo sind Madeleine und Jacques, Maurice? Und warum ist Papa immer unterwegs? Warum lassen sie mich allein?

Warten Sie draußen, Mademoiselle!

Die Stimme des Arztes eben klang unerbittlich, sein Ausdruck ernst. Vielleicht hatte er noch etwas anderes gesagt, bevor er mich rausschickte, aber ich habe nur

Warten Sie draußen!

verstanden und gemerkt, wie hektisch er hinter mir die Tür schloss.

Und wenn Maman eingeschlafen ist und nicht mehr aufwacht? Der Arzt eben mich getäuscht, mich nur aus dem Zimmer geschickt hat, weil ihn das Schweigen meiner Mutter beunruhigte, und er in meiner Abwesenheit ihre Wangen tätschelt, immerzu auf sie einredet:

Madame Bourgeois, hören Sie mich? Madame Bourgeois?

So lange, bis ihre Wangen rot werden von seinen Versuchen, sie zurückzuholen.

Von einem Fenster im Flur sehe ich Sadie auf Papas schwarzem Motorrad im Hof. Weiße Schuhe mit Schleife, weiße Strumpfhose, weißes durchbrochenes Kleid.

Dass sie immer noch hier ist. Warum verschwindet sie nicht endlich?

4

Die Tür zu Mamans Schlafzimmer wird von innen aufgestoßen. Der Arzt zu mir:

Sie können wieder hinein.

Oder besser: Sie legen sich hin.

Ruhen Sie sich aus, Mademoiselle! Ihre Mutter schläft tief und fest. Ich habe ihr eine Spritze gegeben.

Und obwohl ich etwas sagen will, bleibe ich stumm, trau mich nicht zu fragen:

Wird sie den morgigen Tag noch erleben? Seien Sie ehrlich zu mir, ich könnte ihr eine andere Decke besorgen, ihren Oberkörper aufrichten, damit sie leichter Luft bekommt, ihr Schröpfköpfe aufsetzen, sie mit Kampferöl einreiben. Ich könnte ihr Erleichterung verschaffen, wie ich es all die Jahre getan habe, Herr Doktor, mit Senfumschlägen und Inhalationen.

Keine Sorge, ich werde alles so machen, wie Sie es für richtig halten.

Ruhen Sie sich aus, Mademoiselle! Legen Sie sich hin. Sie können im Moment nichts tun.

Und draußen auf den Fluren das leise Hin-und-her-Laufen der Angestellten. Die Geräusche gedämpfter, die Gesichter ernster. Als veränderte sich das Haus mit Mamans Krankheit von Tag zu Tag.

In der Nacht kann ich nicht schlafen, öffne das Fenster und atme die feuchte Nachtluft ein. Eine Hälfte des Gartens liegt trotz des Mondlichts ganz im Dunkeln. Nur das Wasser der Bièvre schimmert matt, und die Beete unter meinem Fenster werden vom Schein meiner Schlafzimmerlampe angestrahlt. Schon als Kind sog ich nachts den süßen Duft nach Honig und Veilchen ein, wenn ich nicht einschlafen konnte. Die Blüten des Geißblatts und der Mondviolen verströmten ihn bis zu mir hinauf. Ich blieb oft lange dort oben stehen und beobachtete die Nachtfalter, die ihm folgten und sich auf den weißen Blüten niederließen.

Nach dem Tod eines Kranken wird das Bett abgezogen und gereinigt, das Zimmer gelüftet und desinfiziert, und zum Schluss werden neue weiße Laken aufgezogen. Es hängt dann kein Körpergeruch mehr im Raum, es riecht neutral nach Putzmittel.

5

Ruhen Sie sich aus, Mademoiselle!

Aber wie kann ich ruhig sein, wenn mir keiner die Wahrheit sagt?

Warum gibt der Arzt keine Antworten auf meine Fragen?

Warten Sie draußen, Mademoiselle. Sie können nichts für sie tun.

Warum muss ich Mamans blutige Taschentücher vor Papa verstecken?

Niemand braucht das zu wissen, Louise, hörst du, auch Louis nicht. Versprich mir, dass du ihm nichts verrätst.

Und warum behauptet Papa, er habe Sadie ins Haus geholt, damit ich Englisch lerne?

Wie soll ich mich da ausruhen, wenn hier keiner mit mir redet.

Wie soll ich schlafen?

Nächtelang liege ich wach im Bett, und dann versuche ich, im Dunkeln Dinge zu erkennen. Einen Augenblick lang sehe ich sie, und im nächsten Moment verliere ich sie wieder. Und wenn ich aufstehe, um zu überprüfen, ob noch alles an seinem Platz ist, mich an der Wand entlangtaste wie eine Fremde im eigenen Zimmer, gerate ich in Panik bei dem Gedanken, alles um mich herum hätte sich in nichts aufgelöst, und mache schnell das Licht an.

Entschuldigen Sie, Herr Doktor, aber warum sagen Sie nichts? Wissen Sie nicht, dass mich Ihr zweifelnder Gesichtsausdruck, Ihre unklaren Zeichen fast umbringen?

Ich brauche Verlässlichkeit und Sicherheit.

Wie oft stehe ich nachts am Fenster und versuche meinen Platz im Verhältnis zum Stand des Mondes und des Polarsterns zu bestimmen. Verbinde die Punkte der Mondsichel, verlängere die Achsen des Großen Wagens, berechne die Himmelsrichtungen und meinen Standort. Das lenkt mich von meiner Angst ab.

In der Geometrie kann ich Verhältnisse mathematisch ausmessen, und die Ergebnisse enttäuschen mich nicht.

Vor allem: Sie betrügen nicht.

Aber warum kann ich das im wirklichen Leben nicht? Was ist das für eine merkwürdige Beziehung zwischen Papa und Maman und Sadie? Und welche Stellung habe ich darin?

Ich brauche Verhältnisse, in denen ich mich nicht verliere, in denen ich aufhöre zu grübeln, was passieren wird, wenn Maman herausfällt aus dieser Konstellation, weil sie nicht mehr da ist.

Das Schlafzimmer leer, der Frisiertisch mit braunem Schmuckkästchen, den Parfumflakons, dem Bett und Nachttischchen, auf dem ihre Brille, ihr Gebetbuch und die Medizinflaschen stehen, weggeräumt.

Der verlassene Ohrensessel im Wohnzimmer, in dem sie abends mit einer Stickerei saß.

Ihr Stuhl am Esstisch leer, an dem ihre Blicke oft schutzlos durchs Zimmer wanderten, wenn Papa seine Reden hielt.

Seine endlosen Reden. Meistens hatte er die Beine übereinandergeschlagen, wippte dabei mit dem rechten Schuh. Erzählte Geschichten über Pariser Geschäftsleute, gegen die er sich wieder mal mit Beharrlichkeit und brillanter Überzeugungskraft behauptet hatte, über Mitarbeiter, denen genau das fehlte, was ihn so erfolgreich machte: Leidenschaft, Phantasie und das nötige Quäntchen Humor und Charme im Umgang mit Menschen, über Leitsprüche, die alle am Tisch beherzigen sollten:

Nicht abwarten, sondern handeln!

Sich niemals geschlagen geben!

Aus Fehlschlägen – wenn sie denn überhaupt vorkommen – lernen!

Häufig rundete ein philosophischer Spruch seine Rede noch ab:

Gutes Gelingen ist zwar nichts Kleines, aber es fängt mit Kleinigkeiten an!

Und dann schaute er sich Beifall heischend nach Maman oder Sadie oder Pierre, Henriette und mir am Tisch um, wir, die wir aufrecht sitzend die Rede stumm angehört hatten, den Blick auf die Tischdecke gerichtet, ohne Fluchtmöglichkeit.

Mamans Blicke, die mir auswichen, wenn ich zu ihr hinüberschaute, sich nervös hinter der Serviette verbargen. Und obwohl ich aufspringen und sie an mich drücken wollte, rührte ich mich nicht von der Stelle.

Auch an dem Tag, als er nach seiner obligatorischen Rede eine Mandarine vom Obstteller nahm, mit dem Stift eine kleine Figur auf die Schale malte, sie einschnitt und sie dann entlang der Linien schälte, blieb ich wie gelähmt sitzen.

Erst pellte er den Kopf heraus, dann den Hals, dann den Körper, extrahierte vorsichtig den Fruchtstiel und formte dann Beine und Füße.

Oh, seht nur her, sagte er, wie hübsch diese Figur geworden ist. Sie ist so hübsch wie meine Tochter Louise!

Er präsentierte die Figur so, dass der weiße Stängel wie ein Phallus aufragte. Dann schaute er sich scheinbar bestürzt in der Runde um.

Ich dachte, die kleine Figur sei meine Tochter, aber nein, wie man sieht, ist sie nicht meine Louise:

Meine Louise hat da nichts!

Danach brach er in schallendes Gelächter aus und alle am Tisch mit ihm.

Wie ich, während die anderen lachten, kleine Kügelchen aus Brot formte, einen Körper zusammensetzte, dem ich langsam mit dem Messer die Gliedmaßen abtrennte. Stück für Stück. Erst die Arme, dann beide Beine, schließlich den Kopf und den Rumpf.

Und Papa sich den Mund abtupfte, die Serviette auf den Teller legte, den Sessel zurückschob und grußlos in seinem Arbeitszimmer verschwand.

Irgendwann habe ich sie gefragt:

Warum ausgerechnet er, Maman?

Es war einer dieser Tage, an denen wir wie zwei Komplizinnen wieder einmal ihr blutiges Kopfkissen vor Papa versteckt hatten.

Da nahm sie meine Hand, schaute mich an und lächelte:

Weißt du das denn nicht, Louise? Weißt du nicht, dass wir den Figuren auf unseren Bildteppichen gleichen?

Erinnerst du dich an die Geschichte des babylonischen Liebespaars Pyramus und Thisbe? Sie sind von zu Hause durchgebrannt, weil sie sich liebten, so sehr, dass der eine für den anderen sterben würde. Papa und ich sind wie sie.

Sie lächelte noch immer.

Und ich, ohne meine Lippen zu bewegen, voller Panik, meine Mutter könnte es hören:

Ihr spielt Pyramus und Thisbe. Ihr spielt es nur, Maman. Hast du nicht den Lippenstift in seinem Gesicht gesehen? Er hat immer Lippenstift im Gesicht, Maman.

Rede ein einziges Mal mit mir. Sag mir, was wirklich zwischen euch ist. Was spielt ihr für ein Spiel?

6

Es gibt Tage, da zögere ich den Moment hinaus, zu ihr zu gehen, da kann ich ihren Geruch einfach nicht ertragen, die bläulichen Hände, die sie im Schlaf unter die Wange legt, ihr Röcheln und Husten. Als durchwanderte sie selbst im Traum eine Welt, in der sie keine Ruhe findet.

Durch das Fenster im Flur schaue ich in den Garten. Auf dem feuchten Rasen liegen gelbe Blätter, unter den Obstbäumen verfaulte Äpfel und Birnen. Vorbeifliegende Wolken vor einem blassen Himmel. Ein launischer dreizehnter Septembertag mit heftigen Windböen, Schatten und plötzlich hervorbrechender heller Sonne.

Sadie hat Papa eben zum Geschäft gefahren, und Pierre ist irgendwo im Haus verschwunden. Auf der anderen Seite der Schlafzimmertür ist es ruhig, Maman scheint zu schlafen. Schritt für Schritt gehe ich vorbei, sehr langsam.

Sie einfach allein lassen, fortgehen.

So wie Papa es ständig tut mit seinen Vorwänden, er müsse dringend nach Spanien, Italien oder sonst wo in Frankreich wegen irgendwelcher Teppiche auf fremden Dachböden, wegen wertvoller Stühle oder Statuen.

Meine Güte, Louise, wie spät es schon ist! Ich muss

los, pass gut auf Joséphine auf, und denk daran, dass du ihr eine kräftige Brühe kochst.

Hörst du, Louise!

Und vergiss das tägliche Fiebermessen nicht! Ruf den Doktor um Hilfe, wenn du nicht weiterweißt! Ich komme ja bald wieder. Ganz bestimmt. Ich werde euch Briefe schreiben, und du berichtest mir jeden Tag, wie es ihr geht, Louise. Ich bin so schnell es geht zurück. Versprochen!

Und ich ganz verloren mit meiner Verzweiflung, meiner Angst, Maman würde. Sie könnte plötzlich nicht mehr. Sie hörte auf.

Ja, in solchen Augenblicken würde ich am liebsten weglaufen.

Weit weg von Maman, diesem Krankenzimmer mit dem fauligen Geruch, von dem mir übel wird, dieser Lüge zwischen den beiden, dass der eine für den anderen sterben würde.

Louise, weißt du denn nicht, dass wir uns lieben wie Pyramus und Thisbe?

Weit weg von Eltern, die mich aus der Schule nehmen, damit ich mich um die Kranke, das Haus und die Werkstatt kümmern kann.

Weit weg von Papas unermüdlichem Streben, mich mit befreundeten Antiquitätenhändlern oder Kunstsammlern zu verkuppeln.

Seinen Vorwürfen: Aber Louise, wie soll ich einen Mann für dich finden, wenn du herumläufst wie eine Studentin oder, noch schlimmer, wie eine Künstlerin, mit diesem lächerlichen Gummiband im Haar.

Aber ich habe ganz andere Pläne als du, Papa.

Ich brauche Präzision und Klarheit in meinem Leben. Ich suche nach verlässlichen Verhältnissen und Ordnung. Deshalb habe ich den Wunsch, Mathematik zu studieren.

Weglaufen, irgendwohin! In eine neue Welt! Ja, vielleicht wirklich mit einem Mann, der mich beeindruckt mit seiner Ehrlichkeit, seinem Verständnis, seinem Können; der meine Talente, mein Wissen, meine künstlerischen Fähigkeiten achtet, mit dem ich Kinder hätte, drei Söhne. Ich würde sie Michel, Jean-Louis und Alain nennen. Ich könnte ab und zu nach Hause fahren, Maman und Papa besuchen, jeden Tag Briefe schreiben und von meinem neuen Leben erzählen. Keine Sorge, ich wäre ja nicht wirklich weg, und vielleicht nähme ich etwas von hier mit, einen von Papas Stühlen oder einen Teppich, etwas, was mich an meine Heimat erinnerte.

Nein, nicht dass ich Heimweh oder so etwas hätte; einzig um mich ein bisschen behaglicher zu fühlen.

Im Übrigen, einen Zeichner für die Werkstatt als Ersatz fänden sie schon, da bin ich mir sicher. Es gibt so viele gute Künstler in Paris. Und wenn es Maman besser ginge, könnte sie mich in meiner neuen Heimat besuchen, ihre Enkelkinder sehen und sich freuen, wo sie doch sonst keine hat. Henriette, die Arme, kann keine Kinder bekommen. Sie wird nie eine Familie haben.

Ich laufe den Flur entlang, die Treppen hinunter nach draußen. Niemand kommt mir entgegen, bemerkt, dass ich nicht an ihrem Bett sitze. Als schliche ich mich heimlich aus dem Haus.

Aber Louise, wenn ich nicht da bin, trägst du die Verantwortung hier!

Papa, dessen Stimme ich höre, auch wenn er auf Reisen ist oder wie jetzt im Geschäft.

Louise, hast du ihr heute schon den Senfumschlag gemacht? Hast du die verwilderten Beete im Garten, das reife Obst an den Bäumen, die ungewaschene Wäsche im Blick?

Und es hilft, seine Stimme zu hören.

Ich wüsste nicht, was ich anderes gegen meine Angst tun sollte, als zu arbeiten, Ordnung zu halten, meine Pflicht zu tun, das Haus zu putzen, in der Werkstatt mitzuhelfen, Wäsche zu waschen.

Arbeit, Pflicht, Tugend, das sind die drei Grundsätze, an die ich mich halte.

Was für ein Unsinn mir eben durch den Kopf ging.

Weglaufen.

Nur wenn ich bei Maman bin, kann ich ruhig sein. Es ist ein Frieden, den ich sonst bei niemandem empfinde, weil es meine Schuld besänftigt. Solange ich alles dafür tun kann, dass sie lebt, solange habe ich nicht versagt.

Wie trüb die Bièvre heute aussieht, dunkel wie geschmolzenes Blei. Da und dort brodeln grünliche Strudel. Wind fährt mit trockenem Rascheln in die Sträucher. Am Rand ein Pulk Kaulquappen. Sie flutschen mir aus der Hand, als ich sie fangen will. Und mein Spiegelbild flattert, teilt sich, verschwindet.

Im Hintergrund das Rauschen der Pappeln. Einen Meter waren sie hoch, als Papa sie in Zweierreihen am Ende des Gartens pflanzen ließ. Jetzt wachsen sie zu einer riesigen dunklen Wand zusammen. In den Baumkronen Krähen. Ihr Krächzen, als sie aus großer Höhe herabstürzen und übers Rosenbeet kreisen, um dann mit ihren spitzen Schnäbeln in herabgefallene Äpfel zu hacken. Eine Krähe lässt sich auf einer der Statuen nieder, die Papa von seinen Reisen mitbringt. Und weil Maman sie nicht im Haus duldet, stehen sie jetzt hier im Garten überall herum. Als Kind musste ich beim Spielen immer aufpassen.

Achtung, Louise, die Skulpturen! Versteck dich woanders!

Wie oft hab ich dir schon erklärt, dass die Bleischicht nur ein paar Millimeter dick ist!

Louise, nun hör endlich auf damit!

Papa, der mich unsanft packt. Und Maman, als ich heulend zu ihr renne:

Aber du weißt doch, Louise, seine Statuen sind sein Heiligtum.

Neben den Statuen sind es Stilmöbel, die Papa von seinen Reisen mitbringt, barocke Sessel mit kunstvollen Drechselarbeiten, Stühle mit aufwendig verzierten Holzrahmen, hohen, geraden Rückenlehnen oder geschwungenen, mit zierlichen Füßen. Der ganze Dachstuhl hängt voll mit diesen Holzgerippen, ohne Polster. Sie baumeln am Dachbalken, schaukeln, auch ohne dass ein Lufthauch sie bewegt, an Seilen, wie Gehenkte, wie hingerichtete Körper.

Als Kind habe ich mich vor ihnen gefürchtet.

Ich fürchte mich immer noch.

Es gibt diese Momente, so wie heute, in denen ich leise, Schritt für Schritt, an ihrer Schlafzimmertür vorbeischleiche. Und an den Tagen, an denen ich nicht weitergehe, sondern innehalte und horche – weil ich mich über die Stille auf der anderen Seite der Tür wundere, mich frage, warum ich ihr Husten nicht höre, keinen röchelnden Atem, kein mattes Rufen, nur meinen eigenen Herzschlag, der immer heftiger wird, je länger ich dort stehe und lausche –, packt mich plötzlich diese Angst. Sie kommt von innen, sie ist wie ein Fluss, der Geröll und Bäume mit sich reißt. Sie macht mich schwindelig, treibt mich den Flur entlang, immer weiter über den Steintreppenabsatz die Stufen hoch zu Pierres Zimmer überm Schweinestall.

Umarme mich, Pierre, halt mich fest, hab Mitleid mit mir! Habt alle Mitleid mit mir. Ich weiß nicht, was ich gegen diese Angst tun soll. Sie ist stärker als ich. Helft mir!

Maman, warum redest du nicht mit mir?
 Und du, Papa, warum bist du stumm?
 Einer muss sich schließlich ums Geschäft kümmern.
 So ist es doch, Louise, oder nicht?
 Wenn ich nicht da bin, trägst du die Verantwortung hier.
 Ich wünschte, ich könnte in einem großen Erdloch verschwinden.
 Ich wünschte, ich könnte mich an einem sicheren Ort verstecken, unter der Treppe wie früher oder in einen Teppich eingerollt, in dem mich niemand findet.

7

Sie dachten damals, ich sei in der Bièvre ertrunken, von einem Auto überfahren oder vom Zug überrollt worden, denn die Haustür stand offen. Dabei hatte ich mich in einer Teppichrolle versteckt.

Wie lange sie gebraucht haben.

Erklärst du mir mal bitte, wie es sein kann, dass du uns so zum Narren hältst!

Mein Vater förmlich, wie ein Fremder. Seine Zigarette, sein Einstecktuch. Imposant. Todernst.

Und ich den Tränen nahe, ohne ihn anzusehen.

Erklärst du mir das mal bitte, Louise!

Jeden Winkel ums Haus herum hatten sie abgesucht und dann drinnen den Dachboden, die Ställe und zuletzt den Flügel, in der die Werkstatt liegt. Selbst Pierre hatte keine Ahnung, wo ich war, obwohl wir beide uns damals ständig in der Werkstatt versteckten.

Wir fühlten uns zu Hause zwischen gerollten Kartons, die als Webvorlagen dienten, zwischen Kett- und Schussfäden, Nadeln, Spulen, Spindeln, Webkämmen, Handspiegeln und Scheren, zwischen Frauen, die an Webrahmen und Tischen Farbflächen und Ornamente ausbesserten; mit Nadeln und Wollfäden Bilder von den Vorlagen auf zu erneuernde Teppiche übertrugen und oft Jahre brauchten, um eine Tapisserie zu restaurieren.

Wir wuchsen auf mit Garnen in allen Farbnuancen, mit dem Geruch nach Färbemittel, Schaf und Fett, mit Tapisserien, die Geschichten erzählten und uns neugierig machten auf antike Mythen, Götter und Helden.

Wir erkannten, wie schwierig es war, zerstörte Schwanzfedern dargestellter Pfauen wiederherzustellen, lernten die Namen auszubessernder Lilien, Alpenveilchen, Vergissmeinnicht, Astern, Phlox, Rosen, Clematis und Magnolien und wussten, dass es unzählige Gelbtöne gab, die für eine einzige Blume nötig waren. Wir sammelten unbrauchbare Teppichreste vom Boden auf, droschen damit aufeinander ein oder verschwanden auf ungewisse Zeit im Inneren eines Bildteppichs.

Es war naheliegend, in der Werkstatt nach mir zu suchen. Keine Ahnung, warum sie erst so spät darauf kamen.

Und es war ein gutes Gefühl, dass sich alle um mich sorgten, auch wenn ich wusste, dass die Sorge nicht lange anhalten würde.

Ich war verschwunden, und Maman, Papa, Pierre, selbst Henriette suchten nach mir.

Henriette sah ich als Erstes aus meinem Versteck, ihre feinen Schnallenschuhe und ein Stück ihrer weißen Strümpfe, bis zum Knie hochgezogen. Hörte ihre Stimme:

Jede Wette, sie ist hier irgendwo und macht sich über uns lustig!

Irgendwann konnte ich das Spiel nicht länger durchhalten. Es stank fürchterlich nach Dreck und Schaf. Ich bekam in der engen Rolle keine Luft mehr. Ich kletterte hinaus und stolperte meinem Vater unbeholfen vor die Füße.

Erklärst du mir mal bitte, Louise, wie es sein kann, dass du uns so zum Narren hältst!

Maman, die Finger zu einer Zange geformt, zog mir Teppichflusen aus den Haaren.

Wasch dich erst mal, du stinkst, sagte sie unwirsch.

Und Henriette nahm Pierre an die Hand.

Komm, Pierre, wir gehen schaukeln.

Lief mit ihren makellos weißen Kniestrümpfen, Schnallenschuhen und frisch gebügeltem Kleid in den Garten und ließ mich ganz verloren dort in der Werkstatt zurück, mit dem Geschmack von Staub und Dreck im Mund, außerstande, auch nur ein Wort herauszubringen. Ich stampfte vor Wut mit dem Fuß auf und rannte in mein Zimmer.

Als sie zurückkamen, saß ich unter der Treppe, niemand bemerkte mich in meinem dunklen Versteck.

In diesem ungewissen Licht wurden Mamans Beine und Papas glänzende Schuhe doppelt groß.

Ich lauschte, aber niemand verlor ein Wort über mich. Es kam ja auch darauf an, was man zu hören erwartete. Darauf kam es an. Sie sagten nichts.

8

Warum will ich mir ständig die Vergangenheit in Erinnerung rufen?

Weil ich die Gegenwart nicht ertragen kann? Weil ich den Anblick von Mamans hinfälligem Körper, ihres qualvoll nach Luft schnappenden Mundes, das heisere schnelle Röcheln, den Geruch nicht mehr aushalte?

Diesen Geruch, den ich andauernd wahrnehme, auch wenn ich nicht in ihrer Nähe bin, dem mit keinem Parfum oder Rasierwasser beizukommen ist.

Papa, der als Erstes die Gardinen zur Seite zieht und das Fenster aufreißt, wenn er ins Zimmer kommt. Die Pralinen fahrig vom Nachtschränkchen auf die Fensterbank räumt, das Teeglas aufs Tablett zurückstellt, die Tür zum Flur aufstößt und vorgibt, er müsse Rechnungen schreiben, die Bestellungen für Kunden durchblättern, den Angestellten Aufträge für den nächsten Tag erteilen.

Es ist die Krankheit, die riecht.

Etwas Unangenehmes, Ansteckendes, das einsam macht.

Nur noch ein paar Tage.

Nur ein wenig Geduld noch, dann bist du wieder gesund, Maman.

Sich vorstellen, im Garten unter blühendem Weißdorn zu sitzen, zwischen Pfingstrosen und violetten Tamarisken. An den süßlichen Duft des Geißblatts im Regen denken, den Duft des Meeres in Trouville, diese Mischung aus Sonnenöl, Salz, Wind, Algen.

Erinnerst du dich an den warmen Sand unter den Füßen, Maman?

Aus der Werkstatt höre ich das Lachen der Arbeiterinnen, ihr geschäftiges Treiben, ihre munteren Stimmen, die mir vorspiegeln, das Leben hier ginge weiter wie bisher.

Und auf gewisse Weise tut es das ja auch. Maman liegt schlafend im Bett, Papa und Sadie sind mit dem Auto nach Paris zum Geschäft gefahren, Pierre und Henriette irgendwo unterwegs, und ich stehe am offenen Fenster im Krankenzimmer und stelle mir vor, wie es früher zwischen Papa und Maman gewesen sein mag.

Wie es war, als sie hier in Antony zum ersten Mal ankamen, um sich ein Haus anzusehen, das direkt am Wasser lag.

Wie sich beide staunend an den Rand der Bièvre setzten, die mitten durch den großen Garten floss, prüfend ihre Hände durchs Wasser zogen, sich vergewisserten, dass es wirklich tanninhaltig war, ein Gerbstoff, den sie für die Einfärbung und längere Haltbarkeit der Teppiche brauchten. Denn nur wegen des Flusses im Garten wollten sie hierherziehen, weil sie in Choisy-le-Roi keinen direkten Zugang von der Werkstatt zur Seine hatten und die Seine wenig Tannin enthält.

Wie beide staunend durch die langen Flure und unüberschaubar vielen Zimmer irrten und Maman engagiert und entschlossen zu ihrem Mann sagte:

Schau mal da, Louis, wo die Bièvre einen Bogen macht, das könnte der Platz sein, an dem wir die Teppiche auswaschen; der Anbau rechts eignet sich zum Wohnen für unsere Angestellten; unten richten wir die Werkstatt ein, und im Garten sollen Kirschbäume wachsen und Spalierobst mit Äpfeln und Birnen, und überall Roseninseln, von niedrigen Buchsbaumhecken eingefasst.

Ihre roten Wangen, als sie ihren Mann anschaut, der ihren Traum weiterspinnt.

Wir werden uns Tiere halten, Joséphine, Hühner, Schweine, Schafe und Katzen und Hunde, unsere Kinder sollen mit ihnen aufwachsen, und jedes bekommt ein Stück Garten, das es selbst in Ordnung halten soll.

Mich genauso fühlen wie damals, als Papa die Spielregeln eines Familienlebens noch einhielt, als er mich auffing, wenn ich mit meinen Skiern nicht bremsen konnte, mich tröstete und meine geschundenen Knie versorgte.

Wie oft bin ich gestürzt, weil ich, ohne auf die Piste zu achten, nur ihn ansah, der am Fuß des Hügels seine Arme aufhielt.

Den warmen Geruch von Mémère einatmen, wenn ich in Clamart auf ihrem Schoß saß und sie mich so fest an ihren Busen drückte, dass mir die Ohren wehtaten. Wie sie mich auf eine Bank stellte in meinem weißen Spitzenkleidchen, mit der großen Schleife im Haar und der Fotograf sagte:

Beweg dich nicht, Louise!

Und ich dabei die Hand meiner Mutter hielt, während mein Vater in schmucker Uniform mit Zigarette hinter uns stand.

Ich wollte, Papa wäre jetzt bei mir, würde mich auf den Arm nehmen, meine Wunde am Knie mit seinem Taschentuch auswischen und mir in den schönsten Farben schildern, wie er Maman zum ersten Mal getroffen hat.

Ich könnte ihn fragen.

Papa, erzähl mir noch einmal, wie ihr von Aubusson mit den Rädern zum Flugplatz fuhrt, du und Maman und Emile, dein Freund und Mamans Bruder, der genau wie du fasziniert vom Segelfliegen war. Wie ihr an der Creuse entlang durch den Wald hindurch zu den Wiesen gegangen seid, voller Klatschmohn und Margeriten.

Sie erlauben doch, Fräulein Joséphine, dass ich Ihr Fahrrad schiebe? Die Wiesen sind so feucht, wir kommen kaum voran bei dem Matsch.

Erzähl mir noch mal, wie Maman rot wurde, der Wind Strähnen aus ihren im Nacken eingerollten brünetten Haaren löste, die sie versuchte hinterm Ohr festzustecken, und du sie immerzu ansehen musstest und wusstest, dass du immer bei ihr sein wolltest.

Wie hast du sie nur die ganze Zeit vor mir verbergen können?, fragtest du Emile.

Und viele Tage später erklärtest du ihm:

Deine Schwester Joséphine und ich gehen nach Paris. Wir eröffnen einen Teppichladen.

Tapisserien aus Aubusson und Gobelins.

Mit Joséphines Geschick und dem, was sie von ihrer

Mutter gelernt hat, werden wir es schaffen.

Du willst einen Laden aufmachen, Louis? Emile lachte.

Spiel dich bloß nicht so auf, Emile, Joséphine und ich wissen, was wir wollen.

Aber so funktioniert das nicht, Louis, meinte auch der zukünftige Schwiegervater. Du bist erst neunzehn, eigentlich noch ein Kind, und außerdem:

Warum Joséphine, die ist doch viel zu alt für dich mit ihren fast fünfundzwanzig Jahren?

Aber du lächeltest seine Bedenken weg und schlugst ihm freundschaftlich auf die Schulter, weil du dir deiner Sache ganz sicher warst.

Erzähl mir, wie ihr dann durchgebrannt seid bei Nacht und Nebel, wie Pyramus und Thisbe, damals wart ihr es, zwei Liebende, mutig, voller Leidenschaft, die alles aufgeben wollen, um ihr eigenes Leben zu führen, fernab jeder Konvention, ohne Heirat, ohne die Zustimmung der anderen. So war es gut, nur ihr beide, ihr wart euch genug.

Und während ich den Blick auf meine im Schlaf versunkene kranke Mutter richte, sehe ich die junge Joséphine vor mir, wie sie neben dem neunzehnjährigen Louis ihr Fahrrad durch ein sanft gewelltes Hügelland schiebt, an blühenden Apfelbäumen, Ginsterbüschen und Klatschmohn vorbei, und wie sie plötzlich stehen bleibt und ihm mit spitzen Lippen einen Kuss auf die Wange drückt, auf der ihr roter Lippenstift zurückbleibt.

9

Es ist nicht vorbei, oder?

Nur noch diesen Abend und diese Nacht, und sie wird wieder aufstehen. Wird bis spätabends Teppiche ausbessern, Hoden und Penisse der Cupido herausschneiden und sie gegen Weinblätter und Früchte austauschen. Die genehmigten an die Stelle der verbotenen Früchte setzen, wie es die Amerikaner wollen, und dann die Schachtel mit all den Hoden und Geschlechtsteilen ins Regal in der Werkstatt zurückstellen, weil man nie wissen kann, ob so eine Sammlung nicht mal wieder von Nutzen sein wird.

In das Regal, in dem sie die Teppiche lagert wie andere ihre Bücher, nach Jahreszahlen, Herkunft, Größe und Motiven sauber geordnet. Und an dem sie jeden Abend stolz vorbeigeht, weil es ihr zeigt, wie erfolgreich sie in ihrer Arbeit ist, wie unabhängig.

Ist die Tapisserie für Monsieur Dodinot immer noch nicht fertig?

Das Haus erzittert, wenn sie in der Werkstatt etwas anordnet, und am Esstisch dieser hilfesuchende Blick, das versteckte Taschentuch in der Hand. Zwei Personen in einer.

Louis, möchtest du noch ein wenig von der Pastete? Nimm doch vom Apfelkompott, die Äpfel haben wir heute im Garten gepflückt.

Und Louis in gestreifter Hose und Lackschuhen:

Joséphine, meine Liebe, wie sehr du dich um alles kümmerst.

Solche Tage am Esstisch sind gut. Sätze aus seinem Mund ohne Wutausbrüche sind gut. Ohne das Zerdeppern von Geschirr, das sie ihm extra für diese Zwecke neben seinen Platz legt, weil sie sein Geschrei hasst, weil sie sich und uns Kinder vor seinem Gebrüll schützen will. Wie klug sie handelt, wie pragmatisch.

Trotzdem bin ich mir sicher, dass sie oft weinend hinter der Gardine steht, wenn Sadie und Papa zusammen losfahren.

Sadie, die so viele Aufgaben in unserem Haus übernommen hat, seitdem sie hier vor zehn Jahren aufgetaucht ist. Wichtige Aufgaben: mit Vater nachts in die Stadt fahren, Billard spielen, mir Englischstunden geben, Autos polieren, Mutter chauffieren und mit Vater schlafen.

Papa scheinheilig vor ihrer Tür:

Sadie, nimm den weichen Lappen, wenn du das Auto polierst, und bitte schau doch nach, ob Louise ihre Aufgaben gemacht hat.

Sadie, die mich mitleidig ansieht, während sie ihre Fingernägel lackiert, die Beine übereinanderschlägt, die Lippen schürzt.

Der blau funkelnde Ohrring auf dem Rücksitz im Auto.

Ich bin sicher, dass es ihrer ist. In der Eile wird sie ihn vergessen haben, weil die Knopflöcher des Kleides zu eng und die Stoffknöpfe nicht so schnell in die passenden Löcher wollten. Das offene Kleid mit dem Fuchspelz verdecken, das klappt, aber der Ohrring?

Wo ist der Ohrring mit dem blauen Topas?

Ich möchte ihr die Zeitung wegreißen, ihr *pussycat face* sehen, sie an den Schultern festhalten, schütteln und schreien:

Hau ab! Verschwinde aus unserem Haus!

Und sie schiebt das Armband, passend zu den Ohrringen, an ihrem Handgelenk hoch, faltet ihr blütenweißes Taschentuch langsam auseinander und tupft mir die Tränen ab, streicht mir über den Kopf, und als sie mir das Englischbuch hinschiebt, sehe ich aus den Augenwinkeln ein leichtes Grinsen.

Habe ich das Recht zu sagen, dass ich sie hier nicht haben will? Dass ich die Modezeitschriften, ihre eleganten Kleider und Pelze verabscheue? Dass ich den Ausdruck in ihrem Gesicht hasse, wenn sie auf hohen Absätzen vor mir her stöckelt, als wolle sie sagen:

Findest du nicht auch, Louise, dass die weißen Lackschuhe wie für mich gemacht sind?

Dass ich es abstoßend finde, wie Papa um sie herumschwänzelt.

Es ist nicht mein Fehler. Ich tue nichts Unrechtes. Ich kann nichts dafür, dass die Nachbarstochter einer befreundeten Familie aus England hier ist, aber ich schäme mich dafür, dass ich nichts tue.

Hat Papa sie wirklich als Englischlehrerin für uns Kinder engagiert, oder war der Plan von vornherein ein anderer? Wo ist er ihr begegnet? Im Hotel? Am Billardtisch? Am Strand, während eines Gewitters?

Sie, ganz verloren in einem dieser modernen eng anliegenden Badekostüme, ein weißes Handtuch um sich geschlungen, hilflos Regen und Wind ausgeliefert. Er konnte nicht anders. Wer hätte das nicht getan.

So ein armes Ding!

Alles andere ergab sich später. Er half ihr beim Kofferpacken. Wie praktisch, dass durch die Krankheit seiner Frau eine Gouvernante im Haus dringend nötig war, und einen Führerschein hatte Sadie auch, wie überaus hilfreich, eine Chauffeurin zu haben.

10

Verborgenes in Schubläden und Schränken, unscharfe Fotos in einer Zigarrenkiste.

Ich erinnere mich, dass mich jemand auf den Stuhl stellte und ich ganz allein da oben stand, während alle mich anstarrten: Maman, Papa, Henriette, selbst unser Hund schien mich neugierig zu beobachten in meinem weißen Mäntelchen mit Wollpelz und Spitzenkrägelchen, in dem ich mich kaum bewegen konnte.

Die Anspannung in meinen hochgezogenen Schultern, in den verkrampften Händen.

Wie verzweifelt ich mich um einen festen Stand bemühte, versuchte, im Lot zu sein.

Meine Angst zeigt sich in der Starre.

Schau hierher, Louise, schau mich an.

Ich sah den Mann unter dem schwarzen Tuch verschwinden. Seine großen Hände.

Wer ist das, Maman?

Hörte Papas Stimme hinter mir:

Nicht bewegen, Louise.

Meine schwarzen Stiefelchen fest geschnürt, der Hut so groß, dass er auf meinen Schultern lag.

Nicht bewegen, Louise!

Schau hierher, Louise!

Aber es war nicht Papas Stimme, auch nicht die von

Maman, sie kam gedämpft unter dem schwarzen Tuch hervor, während ich versuchte, auf dem wackeligen Gartenstuhl das Gleichgewicht zu halten, bis es klackte, bis sich alles um mich herum wieder bewegte, mich jemand vom Stuhl nahm und ich mich auf Mamans Schoß flüchtete.

Das Modepüppchen Louise.

Maman und Papa übertrafen sich schon in meiner Kindheit darin, mich auszustaffieren. Immer in den teuersten Kleidern!

Und auch später:

Im Paul Poiret auf der Promenade in Nizza. In einem Kostüm von Sonia Delaunay mit Jacques am Fluss.

Jacques, in den ich damals ein bisschen verliebt war.

Bevor ich das Foto zurücklegen will, höre ich ein Geräusch.

Ein Zweig, der an die Scheibe schlägt. Draußen stürmt es noch. Doch allmählich lässt der Wind nach, und es folgt die Stille. Ich horche, höre das Ticken der großen Pendeluhr im Flur.

In den Morgenstunden werden die Waggons der Eisenbahn wieder langsam an meinem Schlafzimmerfenster Richtung Les Halles in Paris vorbeirollen und einen Heidenlärm machen.

Ich schaue zur Uhr. Fast Mitternacht. Papa ist immer noch nicht zurück.

Ich ziehe weitere Fotos aus der Kiste.

Clamart beim sonntäglichen Frühstück. Ich inmitten

der Großfamilie im Spitzenkleid. Alle schick, im Anzug, mit Krawatte und Einstecktuch, die Frauen in eleganten Kleidern, nur Papa in weißen Flanellhosen und offenem Hemd. Er hat schon damals die Regeln gebrochen.

Auf dem nächsten Foto als Fünfjährige etwas verschämt vor den Mauern des Krankenhauses in Chartres, mit weißer Schleife im Haar, modischem Hütchen, weißem Spitzenkrägelchen und einem Mantel mit glänzenden großen Knöpfen.

Maman weinte wochenlang, als sie hörte, dass Papa verwundet war, jedenfalls kam es mir so vor, vielleicht waren es auch nur Tage. Ich erinnere mich, wie wir bei unserem Besuch in Chartres eine dunkle Treppe hinaufstiegen. Steil aufragende Stufen, die ins Nirgendwo führten. Wie Maman mich am Ärmel zog:

Warte, Louise. Das ist nichts für dich, warte im Schrank auf mich.

Und ich mich losriss, vom dunklen Flur in den großen Krankensaal lief.

Seine Stimme hörte:

Louise!

Und, als ich Papa endlich auf einer der vielen Eisenpritschen entdeckt hatte, auf ihn zurannte und ihn umarmte.

Louise!

Da bist du ja, Louise, sagte er, meine Louison, Louisette. Mon Diamant Rose. Bald bin ich wieder zu Hause.

Louise, du solltest doch im Schrank bleiben, bis ich wieder zurück bin.

Als wollte Maman mich am Sehen hindern.

Dabei fühlte ich nichts, absolut nichts, als ich die verletzten Männer nebeneinander aufgereiht in ihren weißen Laken liegen sah, mit ihren verbundenen Gesichtern und all den Flaschen und Tinkturen neben sich.

Ach, Kinder verstehen das nicht, mach dir keine Sorgen, Joséphine. Sie sind nicht so. Glaub mir. Und dann drückte er mich.

Mon Diamant Rose! Wie zärtlich er sein konnte!

Auf dem Foto, das ich in der Hand halte, sieht Papa fröhlich aus. Er sitzt aufrecht auf dem Bett, herausgeputzt mit Halstuch und Hosenträgern, und lächelt in die Kamera, während eine Krankenschwester neben ihm steht.

Vielleicht lässt sich gar nicht vermeiden, dass sie seine Hand berührt, wenn sie den Verband am Arm wechselt, möglicherweise legt er aus Dankbarkeit nach der Behandlung seine rechte Hand auf ihre und schaut sie an, als gäbe es Maman nicht.

Als mich Maman anschließend an die Hand nahm und wir langsam durch die lange Schneise zwischen den Betten zurückgingen, wollte ich sie fragen, warum Papa so fröhlich aussah, wo er doch verwundet im Krankenhaus lag, aber ich hatte nicht den Mut, und Maman war so merkwürdig, als wäre sie gar nicht anwesend. Sie sagte die ganze Zeit keinen Ton. Vielleicht war sie auch einfach nur traurig oder ärgerlich darüber, dass ich nicht im Schrank geblieben war. Das mag es gewesen sein. Oder das Zusammensein mit Papa hatte sie so aufgewühlt oder seine Verletzung. Oder vermutlich, dass sie ihn zurücklassen musste.

Erst als wir fast zu Hause waren, redete sie wieder.

Ich hätte nie zulassen dürfen, dass er in diesen Krieg zieht, sagte sie. Ich hätte niemals geglaubt ... dass dein Vater, dass er ... Dann brach sie ab.

Die Dunkelheit dort, sie verfolgt einen, sie verändert einen, sagte sie noch und schwieg.

Ich hatte auch Angst vor der Dunkelheit, trotzdem begriff ich nichts von all dem.

Er kommt bald nach Hause, sagte ich, und erst danach klang ihre Stimme wieder fröhlich.

Ja, du hast recht, Louise, Papa ist bald wieder gesund, möglicherweise kommt er schon morgen. Oder übermorgen. In der nächsten Woche bestimmt.

Ich lege die Fotos ordentlich in die Kiste zurück und schließe den Schrank.

Was würde Papa sagen, wenn er herausfände, dass jemand in seinen Schubladen gekramt hat?

Ich bin mir sicher, dass die Zigarrenkiste gestern woanders stand!

Und warum liegt mein Füllfederhalter auf der Schreibtischablage und die Ledermappe mit den Rechnungen nicht an ihrem Platz?

Wer war das, Louise? Sagst du mir bitte mal, wer in meinem Arbeitszimmer war?

Draußen die Pappeln rauschen nur noch leise.

Der Sturm hat alle Regenwolken weggefegt.

Morgen wird die Sonne scheinen, ein milder, trockener Septembertag. Vielleicht kann ich mit Maman in den Garten gehen? Vielleicht ein wenig an der Bièvre entlanglaufen oder nach den Obstbäumen sehen, die abgefallenen Birnen und Äpfel aufsammeln. Oder wir setzen uns auf die Bank und sehen den Mädchen bei der Arbeit zu.

Komm her, Louise!, höre ich Mémère flüstern, setz dich auf meinen Schoß!

Und sie singt, während ich ihr von morgen erzähle, von Mamans Fingernägeln, die wieder rosig schimmern werden, und dem Glitzern der Sonne auf der Bièvre, davon, wie sehr ich mir wünsche, dass Papa trotz Mamans Krankheit endlich versteht – obwohl alle Sadies und Maries, Colettes und Julias dieser Welt auf ihn warten –, was für ein Glückspilz er ist, dass er Maman gefunden hat.

11

Schluss mit diesem Drama, Louise! Lass dich nicht so gehen!

Als hätte ich etwas Schlimmes gesagt! Dabei habe ich nur Fragen gestellt, wegen Maman.

Du hast doch gehört, was die Ärzte sagen.

Machen Sie sich keine Sorgen, Mademoiselle Bourgeois, wir haben alles untersucht! Das Blut Ihrer Mutter. Ihr Sputum. Es sieht gut aus, glauben Sie mir.

Es ist weniger die Lunge. Eher sind es die Probleme, die Ihre Mutter mit der Menopause hat, Mademoiselle Bourgeois.

Menopause?

Aber die ständigen Krämpfe! Ihre Schmerzen! Das Blut auf dem Kopfkissen.

Welches Blut?

Nein, da ist kein Blut, nicht wahr, Maman?

Sie wird wieder gesund, Louise. Du hast es doch gehört.

Papa, der mich und sich beruhigen will.

Also, lass das ständige Wälzen medizinischer Lexika über Menopause und Tuberkulose, Louise!

Papa, der nicht begreift, dass man sich von den zweifelhaften Aussagen der Ärzte nicht besänftigen lassen darf.

Was sagen Sie, Herr Doktor? Probleme mit der Menopause?

Menopause?

Ihre Krämpfe sind *un phénomène nerveux épileptiforme.*

Verzeihung, Herr Doktor, was heißt das? Helfen Sie mir.

Machen Sie sie gesund, Herr Doktor.

Schluss mit dem Drama, Louise! Du hörst doch, was der Doktor sagt, es wird wieder.

Schau nur, wie du aussiehst.

Deine Blässe, deine dunklen Ringe unter den Augen.

Wo sind die schönen Sachen, die ich dir mitgebracht habe? Wo ist der Hut aus Italien? Wo die vergoldeten Ohrringe mit den funkelnden Steinen und die Halskette, die dir so gut steht?

Was stimmt nicht mit dir, Louise?

Und was ist mit dem Citroën, den ich dir geschenkt habe? Warum fährst du nicht häufiger nach Paris zum Einkaufen?

Du musst hier mal raus.

Unternimm eine Schiffsfahrt, komm auf andere Gedanken, die Ärzte werden das schon regeln, Louisette, Kopf hoch! Ich schenke dir einen Fotoapparat, dann kannst du Joséphine alle Stationen deiner Reise zeigen.

Wenn ich mit ihm reden könnte. Ihm sagen, dass ich Maman unbedingt retten muss, weil auch mein Leben davon abhängt.

Dass ich nicht fahren darf, dass ich sie niemals allein lassen darf.

Du musst hier mal raus, Louise!

Unternimm eine Schiffsfahrt, komm auf andere Gedanken, die Ärzte werden das schon regeln.

Papa, der überhaupt nichts mitbekommt, während das blutige Taschentuch noch immer auf dem Kopfkissen liegt.

Ein verschämter Griff, bevor es schnell hinter meinem Rücken verschwindet und ich Maman verschwörerisch zunicke.

Keine Sorge. Er hat nicht das Geringste bemerkt.

Hat er das Taschentuch wirklich nicht gesehen, Louise?

Nein Maman, ganz sicher nicht.

Papa, dem ich nicht erzähle, dass Mamans brünettes Haar über Nacht grau geworden ist, nichts erzähle von meiner Vermutung, dass dies am Krankenhauslicht in ihrem Zimmer liegen muss, weil der Doktor sonst seine Fieberkurven nicht lesen kann, nicht weiß, wo er die Spritze ansetzen muss.

Aber ich kann genug sehen, Herr Doktor, denn ich gebe sie ihr in der Nacht, wenn Sie nicht da sind.

Sie gefallen mir heute gar nicht, Madame Bourgeois, ihre Haut ist so wächsern und blass.

Wie soll ihre Haut bei diesem Licht rosig aussehen, Herr Doktor?

Und ihre Haare. Sie waren immer brünett.

Vielleicht sind in den letzten Jahren ein paar graue Strähnen hinzugekommen, an den Schläfen ein bisschen, aber nicht so, wie es bei diesem Licht den Anschein erweckt.

Wenn Sie wenigstens die grelle Deckenlampe austauschen könnten, Herr Doktor.

Wir haben so viele Lampen im Haus. Ich werde eines der Mädchen damit beauftragen.

Ein Blick aus den Augenwinkeln, geduldig, aber unbeirrt:

Lassen Sie es gut sein, junges Fräulein, wegen der Injektionen, wegen der Verbände, es ist besser so, glauben Sie mir.

Ihre Mutter ist sehr krank.

Mich mit diesem Satz endgültig zum Schweigen bringen, als wenn ich es nicht wüsste, dass sie irgendwann nicht mehr da ist, dass auch ich irgendwann und Papa und Pierre nicht mehr ... und dass es vielleicht unser Haus, unser Geschäft, dass es das alles nicht mehr geben wird.

Papa auf der Schwelle, schon halb im Gehen.

Ich liebe dich, Papa, auch wenn du mich vielleicht nicht liebst oder mich nur liebst, weil ich so aussehe wie du, weil ich so sein will wie du, aber ich bin so wie Maman, manchmal glaube ich das jedenfalls.

Warum trägst du den Hut nicht, Louise? Warum der schmucklose Hals?

Was ist falsch mit dir?

Warum kümmerst du dich nicht mehr um dich selbst?

Schaust du dich nie im Spiegel an?

Ewig diese tristen Kleider. Du hast die schönsten Designermodelle im Schrank und trägst nur Capes und schwarze Sachen. Und dieser halbe Pelz über der Schulter. Warum kaufst du dir nicht einen ganzen?

Von deiner Frisur ganz zu schweigen. Deine schönen Haare mit einem Gummi zusammengebunden wie, wie ... eine Studentin oder eine dieser Künstlerinnen.

Wie sollst du so jemals einen Mann finden?

Sein amüsiertes Augenzwinkern in meine Richtung:

Kauf dir was Schönes, und du wirst sehen!

Glaub nicht einen Augenblick, dass ich heiraten werde, Papa, schon gar nicht jemanden, den du für mich aussuchst. Und wenn, dann werde ich mit ihm irgendwohin gehen, wo mich niemand kennt, wo es egal ist, was ich anziehe und woher ich komme.

Er zieht an der Kette seiner goldenen Taschenuhr, lässt den Deckel mit dem Daumen aufspringen.

Schon zehn, Louise. Ich muss dringend los.

Das Geschäft!

Ein guter Kunde.

Er nickt noch mal in meine Richtung.

Kauf dir was Schönes, Louise, und du wirst sehen!

Später beobachte ich durchs Fenster, wie er seinen Arm um Sadie legt und mit ihr zu seinem Chrysler geht. Wie sie sich ans Steuer setzt, den Spiegel zurechtrückt, ihren Hals reckt, um Lippenstift und Haare zu kontrollieren, bevor sie den Motor anlässt und beide mit knirschenden Autoreifen vom Hof Richtung Paris verschwinden.

12

Die Standuhr im Salon schlägt halb. Draußen regnet es.

Ich schaue auf den kleinen Esszimmertisch, sehe an der Stirnseite meinen Vater, das dickste Stück Fleisch auf dem Teller. Er, der herumkommandiert, der keinen Widerspruch duldet, der verlangt, dass wir still sitzen und den Mund halten bei Tisch, der von langweiligen Geschäften und Dummköpfen redet, die nicht vernünftig arbeiten, von seinen Statuen, den Stilmöbeln, die er auf seinen Reisen entdeckt; der redet und redet, während Henriette, Pierre und ich Wände und Decke anstarren, die Ornamente in den Vorhängen zählen und auf die Geräusche der Straße hören, der Bäume, der Eisenbahn, die in Richtung Porte d'Orléans an unserem Haus vorbeifährt. Und eine Art Wut, eine Aufgewühltheit kommt in mir hoch, die ich kaum verstecken kann, ein Zittern meiner Hände, die nach dem Brotkorb greifen.

Nicht Papa anschauen, angespannt warten und Kügelchen formen, vielleicht würde er ja gleich aufhören.

Die Zeiger der Uhr bewegen sich einfach nicht weiter, und jetzt schenkt er sich noch mal nach. Ich halte es auf meinem Stuhl nicht länger aus, starre auf Mamans verlassenen Platz, sehe ihren erschöpften Blick hinter der Serviette vor mir, beobachte Sadie, frisch aufgeputzt mit neuen Ohrringen und weißer Bluse, im Sessel neben ihm, setze hektisch die Brotkugeln zu einer Figur zusammen, nehme das Messer und zerstückele gleich darauf den eben geformten Körper.

Und irgendwann, in der Gewissheit, dass Papa niemals aufhört, sehe ich uns plötzlich vom Stuhl aufspringen. Und auf ein Zeichen stürzen wir uns auf ihn, alle gemeinsam: Henriette, Pierre und ich. Wir packen ihn an Füßen und Schultern, zerren ihn auf den Tisch. Und ohne zu überlegen, nehmen wir seinen Körper auseinander, zerlegen ihn genüsslich in Einzelteile, trennen Kopf, Arme, Beine nach und nach ab und verspeisen ihn langsam Stück für Stück, bis nichts mehr von ihm übrig ist, bis er endgültig ausgelöscht ist.

13

Auf dem Tisch liegen noch Pralinenschachteln. Im abgestandenen Blumenwasser Papas Sträuße.

Als er ins Esszimmer kommt, begrüßt er mich mit einem Kuss. Setzt sich aufs Sofa, zündet sich eine Zigarette an, schlägt die Beine übereinander.

Gestreifte Krawatte, Einstecktuch, die Schuhe poliert.

Fühlst du dich nicht gut, Louise?

Deine Blässe, deine dunklen Ringe unter den Augen. Du musst mehr auf dich achtgeben.

Er nimmt die Zeitung vom Tischchen neben sich.

Warum bleibe ich sitzen? Halte ihm zur Begrüßung meine Wange hin, obwohl ich ganz woanders sein will?

Draußen im Flur. Bei Maman im Krankenzimmer. Im Garten an der Bièvre. Irgendwo.

Höre ihn reden und verstehe doch nichts, weil ich nicht da bin, rufe nach Hilfe, aber niemand kommt.

Papa nicht. Sadie nicht, Pierre nicht, Henriette nicht. Maman kann es nicht mehr.

Dieses kleine Mädchen, diese kleine Louise, wird dir Sorgen machen.

Ich erinnere mich an den Blick, den Großvater auf mir als Fünfjährige ruhen ließ, und an Vaters Blick, als gäbe er ihm unwidersprochen recht, an meine Ohnmacht, meine Wut, meinen Entschluss, mich nicht von denen einschüchtern zu lassen, die über mir ihre Köpfe zusammenstecken.

Fühlst du dich nicht gut, Louise?

Und plötzlich mein Satz, mein Schwur, den ich an Mamans Bett schon einmal ausgesprochen habe, der von irgendwo tief aus meinem Inneren kommt. Die Fünfjährige, die aufstampft, den Raum durchquert, in dem ihr Vater und Großvater sich verbündet haben, die überleben muss, wie tragisch es auch immer sein mag, denn auf ihre Art liebten Papa und Großpapa das kleine Mädchen doch.

Louise, die sich opfern will.

Mein Leben gegen das von Maman.

Wenn Maman den morgigen Tag erlebt, wenn sie überlebt, heirate ich nicht, das schwöre ich.

Papa lacht.

Ich warte ab, bis das Vibrieren in den Ohren aufhört, bis dieses grausame Konzert zu Ende ist. Ich mag es nicht, wenn er lacht. Wie ein Fremder. So brutal. Bedrohlich.

Wenn Maman überlebt, werde ich niemals Sex haben, das schwöre ich dir, sage ich.

Er drückt seine Zigarette aus. Legt die Zeitung beiseite, ohne mich anzuschauen.

Sie will niemals Sex haben, als spräche er zu jemand anderem. Fühlst du dich nicht gut, Louise?

Stellt die Beine nebeneinander auf, ohne zu verstehen, nimmt mich nicht auf den Arm, wischt die Wunde am Knie nicht mit seinem Taschentuch aus, streicht mir nicht über den Kopf, sagt nicht:

Meine liebe Louise, kleine Louison, Louisette. Mon Diamant Rose!

Richtet sich selbstherrlich vor mir auf.

Was ist das für ein Unsinn, Louise? Kein Sex. Nicht heiraten.

Lacht wieder. Seufzt genervt.

Schau mich an, Papa. Sag mir die Wahrheit. Rede mit mir!

Wird Maman es schaffen? Glaubst du, sie wird den morgigen Tag überleben?

Ich möchte, dass du damit aufhörst, Louise, mit diesem Unsinn.

Nicht heiraten!

Warum tust du dann nichts, Papa?

Worauf wartest du?

Warum kümmerst du dich nicht um Maman?

Kümmerst du dich um sie?

14

Papa hat es einfach nicht mehr ausgehalten. Das muss der Grund sein. Dieser andauernde Anblick von Mamans krankem Körper, dem bleichen Gesicht in tiefen Kissen, zwischen Spritzen, Glasphiolen und Schröpfköpfen. Das Fieber, der brodelnde Atem, ihr Weinen.

Er erträgt es nicht mehr. Genauso wenig wie die monatelangen Trennungen: Im Sommer Aufenthalte an der Côte d'Azur in Cimiez und Le Cannet, im Winter in den Bergen von Chamonix-Mont-Blanc.

Ihre Frau sollte Paris so oft wie möglich verlassen, Monsieur Bourgeois, und harte Arbeit und psychische Belastungen meiden. Schicken Sie sie ans Meer oder in die Berge, die reine Luft wird ihre Lungen stärken. Ich versichere Ihnen, nur so kann sie wieder gesund werden.

Und wieder packt Maman ihre Sachen, bringt Henriette und Pierre bei den Großeltern in Clamart oder Aubusson unter, lässt alles zurück, ihre Werkstatt, ihr Haus und Louis, ihren Mann, der ihr zum Abschied ins Ohr flüstert:

Dieses Mal schaffst du es, Joséphine. Ich bin mir sicher, dass du gesund zurückkommst.

Maman, die dankbar die Hand des Arztes drückt.

Sie werden sehen, Madame, die Luftveränderung

wird Ihnen guttun, und in Louise haben Sie eine ausgezeichnete Krankenschwester.

Ich werde an Mamans Seite sein, sie trösten, Spritzen geben, Umschläge machen und den Stuhl kontrollieren, und wenn der Aufenthalt im Exil sich ausdehnt, werde ich gegebenenfalls dort zur Schule gehen.

Ich bin mir sicher, sie wird gesund.

Immer wieder diese Hoffnung, diese Illusion auf ein Leben danach, ohne Krankheit, ohne Schmerzen, ohne Kofferpacken.

Aber in der Zwischenzeit ist das Haus in Antony ausgestorben.

Oft für ein ganzes Jahr.

Welcher Mann bleibt da standhaft? Oder sollte er es gerade in solchen Zeiten sein?

Wie oft passiert es dann, wenn Papa abends aus seinem Laden in Paris nach Antony zurückkommt, dass es im Haus still ist.

Er macht Licht, legt Hut und Handschuhe auf die Ablage, hängt den Mantel auf den Bügel und geht in den Salon.

Das Ticken der Pendeluhr. Kein Laut sonst.

Unbeachtet in der Ecke die neue Kommode von Louis XVI., daneben der frisch bezogene Sessel mit Gobelinstoffen, die er in England besorgt hat. Bedeutungslos die Statuen im Garten.

Die Werkstatt dunkel. Am Ende des Gartens eine schwarze Pappelwand, die Rosenbüsche verblüht, das Obst unter den Bäumen vergoren und faul.

Keine Stimme, die zu ihm sagt:

Schau mal da, Louis, wo die Bièvre einen Bogen macht, da werden wir die Teppiche auswaschen; der Anbau rechts eignet sich zum Wohnen für unsere Angestellten; unten richten wir die Werkstatt ein, und im Garten soll Spalierobst wachsen, Äpfel und Birnen, und überall Roseninseln, von niedrigen Buchsbaumhecken eingefasst. Niemand, der hört, wie er antwortet:

Ja, Joséphine, und wir werden uns Tiere halten, Hühner, Schweine, Schafe und Katzen und Hunde, unsere Kinder sollen mit ihnen aufwachsen, und jedes bekommt ein Stück Garten, das es selbst pflegen soll.

Niemand am Tisch, vor dem er seine Reden halten kann, der ihm zuhört, wenn er mit übereinandergeschlagenen Beinen genüsslich die Mandarinengeschichte erzählen will.

Ist das Louise, oder ist das Louison?

Aber nein, das ist nicht Louise, sie hat da nichts.

Aber wie soll er ohne sein klatschendes Publikum auskommen? Ist er deshalb mit uns nach England gefahren, um Sadie ins Haus zu holen?

Erst habe ich ihm wirklich geglaubt.

Es ist doch in Ordnung, Louise, dass Sadie mitkommt, oder nicht? Sie wird eure neue Freundin sein, euch Englisch beibringen und Maman im Haushalt entlasten. Und sie hat einen Führerschein.

Natürlich ist das in Ordnung, Papa.

Sadie und ich mit Sonnenhüten und bloßen Füßen am Strand, wie wir Fangen spielen, uns erschöpft in den Sand werfen und uns Geschichten erzählen. Zwei Freundinnen im Boot auf der Bièvre.

Natürlich ist das in Ordnung, Papa. Warum sollte es nicht in Ordnung sein?

Wie hat es angefangen? Hat er ihr erst heimlich Schokolade aufs Kopfkissen gelegt, jeden Abend vorm Schlafengehen ein Täfelchen, oder eine Rose aus dem Garten, ein Seidentaschentuch mit Spitze und sie später mit Versprechungen in den Garten gelockt, mit einer Bootsfahrt bei Mondschein, einem Picknick im Grünen, einer Spritztour ins Casino?

15

Der Wunsch wegzulaufen, mich einzuschließen, mit niemandem zu reden. Schon gar nicht mit Papa, der uns alle verraten hat.

Verbotene Sätze, die ich im Versteck unter der Treppe belausche. Flüstern hinter vorgehaltener Hand. Geräusche hinter verriegelten Türen. Weiße Strumpfhosen und Seidenunterwäsche achtlos auf einem Stuhl. Und vier nackte Füße und Beine durch den Spalt einer Tür beobachtet. Die Silhouette von Mann und Frau am gardinenlosen Fenster, durch das nachts Licht auf Statuen und Rosenbeete fällt, und Sadie im Morgenmantel meiner Mutter auf den Fluren.

Es ist doch in Ordnung, Louise, dass Sadie mitkommt, oder nicht?

Während Maman, eingeschlossen im Krankenzimmer hinter dicken Samtvorhängen, angeblich nichts hört und sieht.

Wie konnte das passieren? War es die Krankheit, die Zeit oder beides, die sie verändert haben?

Der Erste Weltkrieg, der Papa den geliebten Bruder nahm und uns mit einem Schlag zu einer Großfamilie machte.

Der Krieg, der Papa im Innersten verletzte, an der

Schulter verwundete und mit ihm Tausende andere Männer zu Krüppeln machte.

Versteh doch, Louise. Ich war im Krieg. Manchmal wünschte ich, wie der Wundervogel Phönix jung und unversehrt aus der Asche wiedergeboren zu werden.

Ich bin nicht derselbe, hörst du. Sieh hier, meine Narben.

Ich habe nicht nur meinen Bruder verloren, sondern mich selbst. Ich bin verletzt worden. Zwei Mal schon.

Der Krieg, der ihm klarmachte, wie endlich auch sein Leben ist.

War es der Moment, als die Krankenschwester im Lazarett ihm jeden Tag einen neuen Verband anlegte, in dem er beschloss, das Leben ab jetzt zu genießen, zu sagen:

Wie schön Sie sind, Gabrielle!

Seine Hand auf ihre zu legen, einfach nur auf ihren Handrücken, als wäre er etwas sehr Kostbares, und sie anzuschauen, als gäbe es Maman gar nicht.

Und mir mit einem Blick zur Seite zu sagen:

Versteh doch, Louise. Ich war im Krieg. Sieh hier, meine Narben.

Du weißt nicht, wie das ist:

Du bist noch nie verletzt worden, Louise.

Ich bin mit diesen Bildern groß geworden, Papa. Sie sind in meinem Kopf: Arm- und Beinamputierte; zusammengestückelte Gesichter, instandgesetzt, aber für immer entstellt; durch Giftgas erblindete Soldaten, die sich an Stöcken halten; und die Traurigkeit Mémères, von

Kopf bis Fuß in Schwarz gehüllt, schweigend unter den Bäumen in Clamart.

Trotzdem glaube ich nicht an den Wundervogel Phönix, Papa.

Ich glaube daran, dass man die Vergangenheit reparieren kann.

Nichts anderes tun wir doch Tag für Tag in unserer Werkstatt.

Wir stellen wieder her. Wir restaurieren gewebte Geschichte.

Ich bin Meisterin im Zeichnen von abgetrennten Händen, Beinen und Füßen und Maman im unsichtbaren Zusammenfügen, Restaurieren und Reparieren.

Wie die Spinne.

Wenn man ihr Netz beschädigt, baut sie es nicht neu. Sie webt es so, dass, wo immer auch ein Faden reißt, die Anordnung intakt bleibt, weil die sternförmig vom Zentrum ausstrahlenden seidigen Fäden eines Netzes ihre Elastizität erhöhen oder sich verhärten können, während die Querverbindungen dazu dienen, die Beute zu fangen. Sie erneuert nicht, sondern repariert und spart viel Kraft dabei.

Jeden Tag ein bisschen das reparieren, was gestern kaputtgegangen ist, Papa. Wenn man lange genug lebt, wird man perfekt darin.

16

Warum schließt Papa die Fotos in der hintersten Ecke seiner Schubladen in einer Zigarrenkiste ein? Um jeden Abend heimlich seine Schätze zu betrachten? Im verzweifelten Bemühen, Vergangenes lebendig zu erhalten?

Eine fröhliche Familie unter einem strahlenden Frühlingshimmel inmitten blühender Obstbäume.

Papa im Vierfüßlerstand auf dem Rasen, Henriette, zu der er sich prüfend umschaut, auf seinem geraden Rücken, und Jacques, Maurice, Tante Madeleine und Onkel Désiré, die dazu lachend in die Hände klatschen.

Eingefrorene fröhliche Szenen und Gesichter, über die sich seltsame Masken legen, hohle Augen, offene Münder, die von Dingen reden wollen, über die in dieser Idylle niemals geredet wurde.

Merci und *Mercy*.

Dank und Vergebung. Macht und Ohnmacht. Respekt und Mitleid. Ergebenheit und Scham.

Was für ein seltsamer Kontrast zu den Sommerhimmeln über Stränden und blühenden Obstbäumen, behütenden Eltern, die ihre Tochter Louise auf dem Schoß halten oder sie im Boot über die Bièvre rudern.

Es ist nichts, seid beruhigt, scheinen die Gesichter auf den Fotos zu sagen. Es geht uns gut. Schaut nur, unsere tolle Familie!

Fürchtet Papa sich vor dem Anblick des jungen Mannes dort auf dem Foto, seines liebsten Bruders, der mehr und mehr aus seinem Gedächtnis verschwindet? Hat er die Fotografien deshalb hier versteckt, weil er sich bei ihrem Anblick Fragen stellt, die ihm Angst machen?

Warum nicht er statt seines Bruders gefallen ist?

Warum jeder einzelne Tag seit dessen Tod so voller Schmerz ist? Warum er nicht weiß, wie er damit leben soll?

Ich stöbere weiter in den Schubladen, stoße auf ein Foto von Mémère mit einem Tablett voller Marmeladengläser in den Händen, leicht vornübergebeugt, breitbeinig, mit stolzem Lachen.

Es ist Sommer. Es ist heiß. Ich schaue zu, wie sie den Frühstückstisch in Clamart für uns deckt, übervoll mit den leckersten Sachen. Höre ihre Stimme:

Bring den Kindern Milch und Brot und Erdbeermarmelade, Jacques Désiré, wir haben so viel Erdbeeren dieses Jahr.

Sehe uns, wie wir uns hinter Sträuchern, Böschungen und im Holzschuppen verstecken trotz der Angst vor Schlangen und wie Papa Jacques, Maurice und Pierre das Anlegen eines Gewehrs erklärt und den Jungen, nur ihnen, zeigt, wie man ins Schwarze trifft.

Beobachte den Schatten, der sich bei Ausbruch des Krieges mit einem Schlag über uns alle legt. Die schwarzen Kleider Mémères und wie wir zusammenzucken, wenn sie den Namen ihres Mannes ausspricht:

Jacques Désiré.

Vielleicht kommt dein Onkel Désiré doch zurück, ma chérie, flüstert sie mir ins Ohr, vielleicht ist das alles nur ein Irrtum. Steht plötzlich in der Küche mit seiner schönen Uniform, eine Blume im Knopfloch, seinem Koffer und seinem Lächeln. Sagt:

Hallo, Maman, ich bin zurück! Ich bin nicht gefallen, es ist nichts passiert!

Und sie ruft schnell den Steinmetz an.

Nein, den Auftrag für die Grabplatte aus Marmor, Désiré Bourgeois, ja, mit der goldenen Schrift, ich ziehe sie zurück. Sofort. Ich brauche sie nicht mehr.

Schhhh, beruhigt ihr Sohn sie, hält seinen Zeigefinger an die Lippen. Schhhh, keine Angst, du brauchst dir keine Sorgen mehr zu machen.

Und sie holt ihr Taschentuch aus der Schürze, um sich zu schnäuzen, nimmt den Koffer, in dem seine Sachen sind, seine Briefe, sein Hemd. Sein eingravierter Name: Désiré Alfred Bourgeois. Sich seiner Gegenwart sicher, seines Lachens, seiner Schritte.

Ich könnte schwören, ich hätte seine Schritte gehört, sagt sie.

Und dann wacht sie auf, mitten in der Nacht, macht das Licht an, und niemand ist da.

17

Bring den Kindern Milch und Brot und Erdbeermarmelade, Jacques Désiré!

Jedes Mal dieser Schmerz, wenn Mémère Großvaters Namen ausspricht.

Wir müssen eine Grabplatte bestellen mit dem Namen unseres Sohnes: Désiré.

Aus feinstem weißem Marmor mit goldener Inschrift.

Und unbedingt Blumen besorgen.

Lilien mochte Désiré und Margeriten und Rosen.

Das Grab soll mit Blumen und Kränzen geschmückt sein, hörst du, übervoll soll es sein mit den schönsten Blüten.

Und dann wiegt Mémère mich auf ihrem Schoß und singt und wartet, singt und wartet, dass es doch noch an der Tür klingelt und ihr liebster Sohn in der Küche steht in seiner schönen Uniform mit der Blume im Knopfloch, dem Koffer in der Hand und seinem unverwechselbaren Lächeln.

Schon lange toben wir Kinder nicht mehr ausgelassen um den Frühstückstisch in Clamart. Schon lange reitet Henriette nicht mehr auf Papas Rücken.

Als ich das nächste Foto anschaue, fühle ich die tiefe Traurigkeit wieder. Der Himmel grau, die Wolken tief und flach. Henriette, die mit ihrer Krücke in der Luft herumfuchtelt. Man könnte fast meinen, sie wollte damit schlagen, blind vor Zorn, durch den sie hindurchmuss, während ich voller Angst die Augen aufreiße, weil ich glaube, sie will mir drohen. Ich erinnere mich, wie unheimlich ich ihre Stützen fand, die ihr die Ärzte wegen ihres Knies verschrieben hatten und ohne die sie nicht mehr laufen konnte. Dabei scheint sie nur auf etwas oben im Apfelbaum zu zeigen.

Da oben, Louise, da hat Pierre sich versteckt! Siehst du den Schatten im Apfelbaum?

Ich stehe so seltsam da, verwirrt, ängstlich, als ob gleich etwas Unerwartetes geschehen könnte.

Désiré würde urplötzlich aus dem Dunkel auftauchen und erklären, dass sich alle geirrt hätten. Oder Pierre würde vom Baum fallen und auch für immer verschwinden. Ich hatte keine Lust mehr weiterzuspielen.

Ich wünschte mir, die Finsternis, die uns umgab, würde verschwinden. Nicht nur Henriette und Mémère, unser ganzes Leben hatte sich verändert. Ich wollte die Erwachsenen damals fragen, wie das sein kann.

Ich habe mich nicht getraut.

Vielleicht kann man einige Fragen unmöglich stellen.

Vielleicht kann man sie auch unmöglich beantworten.

Warum Papa sich nach Désirés Tod freiwillig bei der Infanterie meldete. Warum er uns, wie so oft, verließ, dieses Mal, um in den Krieg zu ziehen, und Maman ihm von Camp zu Camp folgte, völlig außer sich vor Angst.

Und: Warum sie nur mich jedes Mal ins Lazarett mitnahm.

18

Nachtgarten.

Es ist dunkel draußen. Schwarz. Kein Mond, keine Sterne. Falter, Käfer im Laub, Schnecken und Igel von der Finsternis verschluckt. Im Beet vorm Haus der Lavendel, Rosen, Anemonen, die aufragenden Blätter der Schwertlilien, alles dicht gedrängt nebeneinander. Geheimnisvoll, furchteinflößend. Niemals könnte ich mich ihnen nachts nähern und sie brechen.

Drinnen im warmen Licht der Lampe neben der Eckkommode von Louis XVI. die in Silber gerahmten Familienfotos:

Henriette, Pierre und ich in Papas Laden am Boulevard Saint-Germain, hinter uns die dunkle Landschaft einer Tapisserie. Pierre, der ängstlich meine Hand nimmt, Henriette in weißer Spitzenschürze und Spitzenkrägelchen.

Daneben das Bild von Papa, Pierre, mir und immer wieder Sadie auf der Promenade in Nizza vorm Palais de la Méditerranée, als wären wir vier eine Familie.

Papa, der Charmeur, der sich gerne mit jungen Frauen zeigt.

Wenn er zurück ist, werde ich meinen Mut zusammennehmen und ihn endlich fragen, wann das angefangen hat mit den Sadies, Julias und Madeleines.

Ich stelle mir vor, wie er sie auf seinen vielen Reisen getroffen hat, auf der Suche nach seinen geliebten Bleistatuen, Stilmöbeln und alten Teppichen.

In Frankreich, Italien, Spanien. In Kneipen, beim sonntäglichen Kirchgang, auf dem Weg zu Gasthöfen, irgendwo auf dem Land, zu Menschen, die ihn in ihre Häuser, Keller, Pferdeställe ließen oder auf Dachböden führten.

Wie er ihnen zuflüstert: Warten Sie nach der Messe auf mich, Mademoiselle, Madame, Señora, und passen Sie auf, dass niemand Sie sieht. Kommen Sie durch den Hintereingang.

Der Geruch nach Zigaretten und Bier im Zimmer über der Gaststube, in einer dieser Gaststuben, wo die Treppen in einem Raum enden. *No Exit.*

In der Ecke ein kleiner Schrank, Spiegel, eine Schüssel, daneben eine Emaillekanne mit Wasser. An der Wand Haken, an denen sie ihre Kleider aufhängt, während er seinen Hemdkragen löst. Die knarrenden Holzdielen unter ihren nackten Füßen. Das durch die dicken roten Vorhänge gedämpfte Licht. Die Schwüle im stehenden Zigarettenqualm. Lochstickereien auf dem unberührten weißen Kopfkissen, aber zerwühlte Bettlaken. Und später auf dem Rückweg – beladen mit feinsten Pralinen, Blumen und Parfumflakons für zu Hause – allenfalls ein kurz aufflackerndes schlechtes Gewissen.

Ich werde ihn nach Sadie fragen, unserer Englischlehrerin, unserer Gouvernante und Chauffeurin, und warum er diese eine in unser Haus geholt hat, als wäre sie eine von uns.

Maman ist froh, dass ich einen Führerschein habe. Dass sie nicht mehr auf Sadies Fahrkünste angewiesen ist. Seitdem chauffiere ich sie mit dem Chrysler oder meinem Citroën zu Ärzten oder wohin sie will, je nachdem.

Ich erzähle ihr nichts von meinen Entdeckungen.

Ich erzähle ihr nichts vom Ohrring neulich. Dem mit dem Topas.

Ich bin sicher, dass es Sadies ist.

Jede Woche neue Ohrringe, passende Armbänder und Halsketten. Ein neues Paar Lackschuhe, Seidenunterwäsche und Nylonstrümpfe von Papa, während Maman verloren über den kleinen Tisch im Esszimmer schaut, sich rasch hinter der Serviette verbirgt wegen der rot geweinten Augen und ich kleine Kugeln aus Brot forme, die ich zu einem Körper zusammensetze, um danach ganz langsam das Messer in die Hand zu nehmen und als Erstes die Arme abzutrennen. Dann Stück für Stück beide Beine, den Kopf und ganz zum Schluss den Rumpf zerteile.

Es gibt Momente, da denke ich, Papa ist nicht so verlogen, lebt nicht dieses Doppelleben, liebt seine Familie, Henriette, Pierre, mich und Maman.

Joséphine, du weißt, ich schwor, dir treu zu bleiben. Dir Pyramus zu sein. Ich trage seit über zwanzig Jahren den Ehering, als Zeichen meiner Treue. Jedenfalls so gut wie immer oder, sagen wir, in seltenen Fällen nicht.

Ich bewundere dich für deine Kunst, Dinge zu reparieren. Du ahnst gar nicht wie sehr.

Und diese unaufhörliche Hoffnung, du würdest geheilt, deine Lunge würde sich erholen in Nizza, in den Bergen.

Aber wem gehört dieser Ohrring, Papa? Ich fand ihn auf dem Rücksitz. Erzähl mir die Wahrheit!

Mich so fühlen wie damals, als Papa noch nicht wusste, dass er Sadie treffen würde, oder es vielleicht doch wusste, sie nur anders nannte: Juliette oder Maria oder Francesca.

Als Maman noch nicht ertragen musste, dass Papas Mätresse im Haupthaus untergebracht war, mitten unter uns, nicht in dem Flügel, in dem die übrigen Angestellten schliefen.

Und von ihrem Stuhl in der Fensternische aus beobachtete, wie die beiden im schwarzen Chrysler abends zum Casino fuhren, oder in ihrem Bett auf Schritte im Flur lauschte, hörte, wie sich die Tür zu seinem Schlafzimmer öffnete und schloss.

Anfangs noch sehr leise, nur ein verstohlenes Trippeln auf nackten Füßen, vorsichtiges Herunterdrücken der Klinke, kaum hörbar.

Mit der Zeit immer lauter. Unbekümmertes Kichern auf dem Flur, Knallen der Türen. Lautes Stöckeln in weißen Lackschuhen.

Was für einen Sinn hat es, ihn zu ertragen, Maman? Warum spricht keiner darüber?

Dieses Schweigen am Tisch, dein rot geweintes Gesicht hinter der Serviette, bevor Papas Arbeitszimmertür etwas zu laut ins Schloss fällt.

Haben Sie die Teppiche immer noch nicht verladen? Worauf warten Sie eigentlich?

Ich bin hier der Herr im Haus!

Und Sadie mit zwei Ohrringen fragt mich, ob wir mit den Englischlektionen beginnen könnten, sie sei so weit.

Zu merken, dass in ihrer Art, sich zu bewegen, ihrer Art, wie sie ihre Lippen schürzt, wenn sie spricht, ihre Beine übereinanderschlägt, ihren Fuchspelz über die Schulter legt, etwas liegt, etwas, obwohl sie nur sechs Jahre älter ist als ich.

Was, wenn Maman morgen, wenn sie morgen?

Wenn ihre Kommode leergeräumt, ihre Kleider aus den Schränken verbannt, Kamm und Bürste von der Frisierkommode entfernt werden.

Wenn ihr Bademantel nicht mehr an der Tür hängt.

Wenn die verschwitzten Laken abgezogen, Kommoden und Schränke mit weißen Spitzen und Seidenhemdchen gefüllt sind.

Wenn Madame stirbt, bin ich die Frau im Haus!, höre ich Sadies Stimme.

So jung Ihre Frau, Monsieur Bourgeois, und so schöne Ohrringe.

Und der lange Fuchspelz, der ihr bis zu den Knien reicht, steht ihr ganz ausgezeichnet.

Und Papa, plötzlich erschrocken, aufgewacht aus seinem selbstgefälligen Zustand; das sorgsam ausbalancierte Mobile aus dem Gleichgewicht geraten, die Fassade, die so lange Bestand hatte, zerbröckelt, erkennt, dass das Spiel neu gemischt wird, legt die Karten auf den Tisch.

Wir sind wie Pyramus und Thisbe, flüstert er an Mamans Bett, und sie lächelt.

Ich weiß, ich wusste es immer, sagt sie.

Und Vater zu Sadie:

Bitte verschwinde! Geh einfach! Nimm mit, was du willst, aber geh!

19

Ich werde mit Sadie reden, wir können auf der Bièvre paddeln, wie ganz zu Anfang, als sie neu in unser Haus kam, als sie meine Englischlehrerin, meine Freundin wurde.

Dieser doppelte Betrug an mir und an Maman!

Im Gegensatz zu Sadie und Papa halte ich mich an die Spielregeln, ich bin eine treue Tochter.

Wir können durchs Schilf, an Büschen und Spalierobst vorbei zur gemauerten Plattform paddeln, wo am Abend niemand mehr Teppiche auswäscht.

Wir können die Beine überm Wasser baumeln lassen und reden.

Und vielleicht wird sie sich sogar darauf einlassen, nicht weil sie es will, es gibt tausend Vorwände: Das Auto muss dringend poliert, Medikamente besorgt, die Wäsche zusammengelegt werden. Und es ist viel zu spät.

Sie schiebt den weißen Ärmel ihrer Bluse hoch und schaut auf ihre Uhr:

Meine Güte, Louise, es ist schon so spät!

Trotzdem weiß ich, dass sie mich begleiten wird, aus Mitleid, aus schlechtem Gewissen.

Und ich quäle sie, weil ich weiß, dass sie sich vor dem braunen, schlammigen Wasser der Bièvre fürchtet, dem Geruch nach Kloake, den blubbernden Strudeln vor einem Abflussrohr – wo einige Leute in Antony immer noch ihr Abwasser in den Fluss leiten, obwohl es schon lange verboten ist.

Und je schonungsloser ich bin, desto mehr hasse ich mich selbst dafür. Hasse meinen Zorn, meine Gemeinheit, meinen Wunsch, sie zu vernichten und zu vertreiben, weil unsere Familie zusammengehört, weil ich Harmonie und Frieden will, während Maman da oben liegt und stirbt.

Nein, nein, nicht stirbt, sie wird wieder gesund.

Sadie auffordern zu gehen.

Lass uns in Ruhe, Sadie, gib auf! Sieh ein, dass du dich geirrt hast! Nimm Pelze und Ohrringe mit! Es ist noch nicht zu spät.

Wir brauchen dich hier nicht mehr, Sadie. Geh zurück nach England, wo du hergekommen bist, und bau dir dein eigenes Leben auf! Was willst du hier mit diesem Mann, der so viele Jahre älter ist als du. Geh, noch bevor Papa von seiner Geschäftsreise aus England oder Italien oder sonst wo zurückkommt! Noch bevor Maman stirbt, nein, sie wird nicht sterben, schon gar nicht, wenn sie erfährt, dass du gehst.

Ich warte im Garten auf dich. Ich helfe dir, die Koffer zum Bahnhof zu tragen.

Ziehe lieber flache Schuhe an, Hosen statt Kleider und eine Jacke statt des weißen Mantels mit dem viel zu großen Schalkragen, in dem du dich kaum bewegen kannst. Der Saum wird schmutzig bei dem Wetter.

Alle Rosenblüten sind abgefallen, der Rittersporn hat seine blauen Blüten verloren, die Wege sind aufgeweicht wegen der Wolkenbrüche in diesem September. Binde dir dein Haar mit dem Gummi zusammen, das ist praktischer. Ich helfe dir beim Gepäck. Ich besorge dir eine Fahrkarte.

Und wenn Papa nach Hause kommt, werde ich ihm eine Geschichte erzählen, dass Sadie mit dem Zug abgefahren, dass sie schon längst auf dem Schiff nach England ist.

Ja, Papa, eine neue Stelle in einer riesigen Villa am Meer, mit vielen Silbersachen und wunderschönen Teppichen an den Wänden und weißen Gardinen, die sich bei jedem Windhauch vom Meer her leicht bewegen, und mit einem Mann, der so alt ist wie sie.

Ich werde nicht sagen, dass wir mit dem Boot auf der Bièvre waren, dass sich ihr weißer Mantel mit dem viel zu großen Schalkragen mit braunem Wasser vollgesogen hat, dass sie unterging wie ein Stein und in der Dunkelheit und dem schlammigen Grund selbst das Weiß des Mantels nicht leuchtete, sodass ich sie trotz größter Anstrengung nicht retten konnte.

Vielleicht wird man sie finden, wenn oben in Antony das Wasser abgesperrt wird, wenn die Bièvre trockenfällt und die Bauern mit Forken und Schaufeln den fruchtbaren Schlamm für ihre Felder und Gärten aus dem Fluss holen. Vielleicht wird man sie finden, eingehüllt in einen braunen Mantel mit viel Schlamm und Blättern und Geröll darüber.

20

Draußen schreien Käuzchen, sie sitzen nachts in den Pappeln, manchmal sehe ich vorm Fenster einen schwarzen Schatten vorbeifliegen, aber meistens höre ich sie nur. Ich habe mich an diese nächtlichen Geräusche gewöhnt, sie begleiten mich seit der Kindheit.

Der Wagen nähert sich. Sie kehren zurück. Die Reifen knirschen auf dem Kies. Türen werden geknallt. Eine Schlüsseldrehung an der Haustür, aber Papa und Sadie kommen nicht in den Salon, in dem ich warte. Stattdessen höre ich Sadies unterdrücktes Kichern im Flur. Knistern von Papiertüten und wie die Stufen knarren, die zu ihrem Schlafzimmer führen, als müssten beide ihre Schätze im Dunkeln nach oben schaffen, heimlich. Tüten voller Kleider und Ohrringe, die Sadie vor dem Spiegel anprobiert.

Ich stelle mir vor, wie sie sich vorm Spiegel den weißen Schal über ihre nackten Schultern legt, ihr neues Spitzenkleid anzieht und das teure Parfum auf Schläfe, Handgelenk und Nacken tupft.

Wenn Papa Maman Parfum von seinen Reisen mitbringt, dann, um den Geruch im Krankenzimmer und auf den Fluren zu übertünchen.

Und was soll ich mit seinen geschenkten Hüten, Kleidern und Perlenketten, die gut verstaut in Schränken und Schubladen liegen?

Was ist mit dem Kleid aus Italien, Louise?

Papa zwinkert mir in seinem neuen Leinenanzug wohlwollend zu.

Gefällt es dir nicht?

Trag etwas Lippenstift auf. Und auch Rouge auf deinen blassen Wangen wirkt Wunder.

Glaub mir, Louise. Du wirst sehen.

Was werde ich sehen?

Warum lässt du mich nicht in Frieden, Papa?

Und du Sadie? Rede endlich!

Ständig tust du so unschuldig, als wäre es natürlich, dass du nachts vor Papas Schlafzimmertür stehst. Dein scheinheiliges Getue, als wärst du gerade auf dem Weg zur Küche, um dir ein Glas Wasser zu holen, eine Wärmflasche wegen plötzlicher Bauchschmerzen, schwirrtest schlaflos im leeren Haus umher wegen des Vollmonds im Zimmer, der schreienden Käuzchen vorm Fenster.

Wirst du jemals imstande sein, es mir ins Gesicht zu sagen?

Versuch es doch mal! Erzähl schon.

Wie hat es angefangen? Hat er dir erst heimlich Schokolade aufs Kopfkissen gelegt, jeden Abend vorm Schlafengehen ein Täfelchen, oder eine Rose aus dem Garten, ein Seidentaschentuch mit Spitze und dich später mit Versprechungen in den Garten gelockt, mit einer Bootsfahrt bei Mondschein, einem Picknick im Grünen, einer Spritztour ins Casino?

Und Maman zählt derweil die Sterne am Himmel.

Hört das Rauschen der Pappeln. Starrt Wände und Decke an. Lässt zu, dass ich ihr warme Umschläge mache, Gemüsebrühe einflöße, Säfte und Tabletten gegen Husten verabreiche.

Sieht jeden Tag durchs offene Fenster die Sonne aufgehen, interessiert sich nicht mehr für Henriette, Pierre, nicht für mich, für Sadie, nicht für ihren Ehemann.

Unsinn, vielleicht scheint es nur so, als starrte sie traumverloren Wände und Zimmerdecke an, in Wirklichkeit sieht sie zerschlissene Magnolienblüten, Lilien und Rosen, überlegt, wie viele Gelbtöne sie für die Rekonstruktion von Sonnenblumen braucht, und sucht nach dem Blau für die ramponierten Schwanzfedern des Pfaus.

In Wirklichkeit sieht sie das braune Wasser der Creuse, in dem sie mit ihrer Mutter Teppiche auswäscht, sieht die Brombeeren am Ufer, Moose und Farne, steile Treppen in Felsen gehauen, dunkle Häuser am Wasser, hört das Schreien der sterbenden Tiere vom Schlachthof ihrem Schlafzimmer gegenüber, nimmt den strengen Geruch des Ginsters wahr, durch den sie mit Louis geht, voll gelbem Blütenstaub und Schmetterlingen. Sieht sich neben ihm an der Creuse entlang bis zur Loire und noch weiter zur Seine fahren.

Das stimmt doch, Maman, oder nicht?

Erzähl es mir, wenn ich falschliege mit meinen Vermutungen, wenn es ganz anders war.

Hilf mir! Welche Fotoalben muss ich noch durchblättern, welche Briefe lesen, weil ich so wenig von dir weiß, weil wir so wenig von uns wissen.

Oder war es gar nicht Papa? Wolltest du nur fort von zu Hause, weg aus dem kleinen Nest Aubusson, wo alle Männer Steinmetze sind und alle Frauen Tapisserien weben und restaurieren, wo dich jeder kennt und du über viele Treppen durch den Hintereingang fliehst, damit du der neugierigen Frau des Schlachters oder der Haushälterin des Pfarrers oder dem Lehrer nicht begegnest, die dich küssend oder rauchend am Ufer gesehen haben? Fort von dem Ort, an dem die Zukunft der Frauen festgeschrieben ist, dein Leben aufgeht in einem Plan, den du nicht selbst bestimmen kannst.

Wolltest du deshalb gehen? Irgendwohin, wo dich niemand kennt.

Hast du mir deshalb eingeimpft:

Du musst lernen, Louise. Wenn du lernst, kann nichts schiefgehen. Lernen ist das Geheimnis, niemand kann es dir nehmen.

Studiere und bilde dich weiter, damit du Fragen stellen kannst und irgendwann unentbehrlich wirst.

Und doch wurde ich von Papa gezwungen, von der Schule zu gehen, damit ich dich pflegen und in der Werkstatt helfen kann.

Dabei gehörte ich zu den Besten im Lycée Fénelon.

Und ich habe so viele Fragen, die mir hier niemand beantwortet.

Entschuldige, Maman.

Aber bin ich die Zwanzigjährige, die täglich an deinem Bett sitzt? Die morgens Gemüse aus dem Garten holt, um Brühe für dich zu kochen? Die putzt. Die

Wäsche zusammenlegt und Betten bezieht? Die nebenbei Hände und Füße auf Kartons zeichnet, die den Frauen in der Werkstatt als Vorlagen für die Ausbesserung der Bildteppiche dienen? Die am Ende des Monats den Lohn auszahlt?

Bin ich das, die trotz der Arbeit und trotz der vielen Krankenaufenthalte am Mittelmeer oder in den Bergwelten von Chamonix, in denen ich dich gepflegt habe, weiterlernt und durch ein Fernstudium ihr Examen macht, auch ohne regelmäßig zur Schule zu gehen?

Arbeit, Pflicht und Tugend.

Travail, Devoir, Vertu.

TDV, drei Buchstaben auf dem Umschlag meines Tagebuchs, damit sich die Wörter fest einprägen.

Meine magische Formel. Meine Rettung, denn ich habe keine Zeit zu verlieren. So ist es doch, Maman.

Wie viel Zeit bleibt uns noch?

Hilf mir! In welchen Tagebüchern muss ich noch blättern, welche Geschichten hören, welche Schränke durchstöbern, weil ich so wenig von dir weiß, weil wir so wenig von uns wissen.

Sag mir, hast du mich wirklich nur Louise genannt, weil dein großes Vorbild so hieß?

Louise Michel, die rote Jungfrau, die sich aktiv an den Kämpfen um die Pariser Kommune beteiligte und dafür auf eine Südseeinsel verbannt wurde; die als Anarchistin zurückkehrte und ein Leben lang für die Befreiung von Frauen kämpfte.

Welche Kraft, was für ein Kampfgeist!

Trage ich deshalb diesen Namen? Und nicht, wie du es Papa und uns allen weismachen wolltest, weil dein Geliebter, dein Ehemann, dein Geschäftspartner Louis heißt?

Wie klug du handelst, wie diplomatisch.

Wie mutig, bei Nacht und Nebel von Aubusson auszureißen, mit deinem Liebsten durchzubrennen, nicht zurückzuschauen, auch wenn du in der Ferne Stimmen hörtest, die deinen Namen riefen.

Joséphine!

Nach und nach wurden sie verschluckt,

Joséphine!

Vom Tosen der Creuse, vom Wind in den Wäldern, von den Duftwolken des Lavendels und Ginsters.

Trotzdem schien es dir manchmal auf deiner Reise, als riefen sie ihn beharrlich von den Dächern, als legte sich eine Hand auf deine Schulter, die dich festhalten wollte. Und so folgtest du schweigend deinem Geliebten, bis Louis dich liebevoll am Ärmel zog, deine Hand nahm und dich an einen Ort führte mit riesigen Bauten, breiten Straßen und so vielen Menschen, wie du sie nie zuvor gesehen hattest.

Deine Aufregung, als ihr die Stufen zum Haus am Boulevard Saint-Germain 212 hinaufstiegt, wo die Großmutter das Maison Fauriaux führte, den Teppichladen, den Louis und du später übernehmen und an anderer Stelle neu aufbauen solltet. Deine Vorfreude, als ihr eure Koffer durchs riesige Treppenhaus nach oben schlepptet. Vielleicht trug Papa dich über die Schwelle.

Vielleicht beobachteten euch Nachbarn durchs Guckloch hinter verschlossenen Türen und erzählten sich Geschichten über euch, weil ihr nicht verheiratet wart, aber was machte das schon. Papa selbst war bis vor Kurzem noch ein unehelicher Sohn. Das wusstest du nicht, das wusste niemand.

Und wen interessiert das überhaupt, wenn man sich liebt.

War es so, Maman? Wann hat sich das zwischen euch verändert?

Als das erste Mädchen, das noch vor eurer Heirat geboren wurde, gleich gestorben ist?

Wie wird man als junges Paar mit so einem Verlust fertig?

Als es mit Henriette, auch unehelich geboren, wieder ein Mädchen wurde?

Oder als ich, das dritte Mädchen, die große Enttäuschung, zur Welt kam?

Denkst du manchmal auch an die glücklichen Gesichter auf den Fotos: Henriette auf Papas Rücken; Désiré, Papas geliebter Bruder, mit Jacques und Maurice, die Papa zu seinen Kindern machte und im Bogenschießen unterrichtete, genauso wie Pierre, seinen eigenen, wie er glaubt, missratenen Sohn; und an mich auf deinem Schoß.

An die unbekannten Gesichter, die es nicht mehr gibt.

Ich war niemals das zweijährige Kind auf einem Gartenstuhl mit weißem Hut, unter dem zwei schwarze

Haarsträhnen hervorlugen, mit pelzbesetztem weißem Mantel, schwarzen Schnürstiefeln und diesen großen Augen, die voller Vertrauen in die Kamera schauen. Ein hilfloses Subjekt, das jeden Moment droht vom Stuhl zu fallen, abgesetzt, um ausgestellt zu werden. Das war ich doch niemals.

Wer ist das?

Oder war ich das?

Und bist du das, Maman, die vom Fieber verschwitzt im Bett liegt, mit grauen Haaren und den tiefen Furchen auf der Stirn, den unzähligen Falten um deine Augen, die nur noch manchmal den Nachthimmel nach Sternen absuchen oder mich von oben bis unten ansehen; die verzweifelt versucht, die Lippen zu bewegen, um mir etwas zu sagen.

Ich sitze noch immer in meinem Sessel im Dunkeln, warte, rühre mich nicht. Keine Schritte im Haus, kein Kichern, kein Knistern von Papiertüten mehr. Das Rauschen der schwarzen Bäume. Der Ruf der Eule, die seit einiger Zeit in den Pappeln sitzt.

Es heißt, wenn eine Eule ruft, stirbt ein Mensch.

Aber wahr ist, dass Maman oben lebendig im Bett liegt.

Wahr ist, dass ihre Lippen morgen rosig aussehen werden, ihre Fingernägel wie die eines Babys, so gesund.

Und die Sonne wird scheinen, ein milder, trockener Septembertag. Und Papa mit lauter Rosen und Pralinenschachteln im Arm zeigt mir das Bogenschießen, so wie er es Jacques und Maurice und Pierre gezeigt hat.

Und während ich das Ziel ins Visier nehme, die Bogensehne straff spanne, rufe ich kurz bevor ich die Spannung löse, um den Pfeil abzuschießen:
Bis zu den Sternen! Bis zu den Sternen!

21

Mamans Müdigkeit, ihre Schwäche. Jeden Tag wird sie hilfloser.
Gefangen hinter diesen Vorhängen, auf deren Rückseite der Himmel heute noch blauer, der Garten noch grüner zu sein scheint. Ich reiße sie zur Seite, öffne das Fenster, erkenne Sadie im Garten zwischen den verblühten Rosenbeeten, unser Hund Pyrame schwanzwedelnd vor ihr, wie sie ihn mit dem Wasserschlauch abspritzt, weil er sich mal wieder im Moder der Bièvre gewälzt hat. Die Art, wie er vor ihr hockt und die Prozedur über sich ergehen lässt, so ruhig, so selbstverständlich, als wäre sie sein Frauchen.
Meine plötzliche Wut.
Warum schickst du Sadie nicht nach Hause, Maman? Sie gehört nicht zu uns!
Maman, die sich in ihren Kissen aufzurichten versucht, zitternd nach mir greift. Ihre ganze Kraft zusammennimmt.
Gehört sie denn zu uns?
Oder sind wir Papas Familie?
Hör auf damit, Louise! Eine Art Seufzer.
Und ich noch immer wütend am Fenster.
Sadie ist verlogen, Maman, schick sie weg!
Kauf ihr einfach eine Fahrkarte, wenn Papa auf

Reisen ist! Und wenn er zurückkommt, ist sie fort. Ich könnte sie auch im Keller verstecken oder in einem der Teppiche in der Werkstatt, wo sie niemand findet.

Mamans Stimme in den Kissen so leise, dass ich sie kaum verstehe.

Hör auf damit, Louise!

Sind wir denn eine Familie?

Und in diesem Augenblick ein heftiger Windstoß durchs offene Fenster, ein Hustenlöffel, der klirrend vom Nachttischchen fällt, und Maman, die weinend ihr Taschentuch vor den Mund presst.

Ihre Schwäche, meine unendliche Scham.

Schnell die Fenster schließen und ihre Hand halten. Sie fragen, ob ich ihr ein neues Taschentuch geben, ihre Augen kühlen, ihr Kissen aufschütteln soll, damit sie den Himmel besser sehen kann.

Schau nur, Maman, die vorbeifegenden dunklen Wolkentürme, die den Garten mal grün, gleich darauf wieder grau aussehen lassen.

Nun sag doch etwas. Irgendetwas.

Ist dein Mund trocken? Soll ich dir Wasser geben?

Es ist normal, dass dein Hals trocken ist. Mach dir keine Sorgen.

Vorsichtig. Ich halte dich.

Soll ich dich ein wenig aufrichten, damit du besser Luft bekommst?

Ich bin bei dir. Du brauchst keine Angst zu haben, ich bin immer bei dir.

Bitte verlass mich nicht, Maman! Versprich mir, dass du mich nicht verlässt.

Das Glas langsam abstellen, neben Zwieback und Teeglas, neben Spritzen, Hustensaft und Fieberthermometer und den Süßigkeiten, den Pralinen, die sie so gerne mag und schon lange nicht mehr isst.

Niemand soll ihr wehtun.

Ich werde Wachen an deiner Tür aufstellen, Maman, dafür sorgen, dass dir nichts Giftiges ins Essen gemengt wird.

Ich passe auf, so wie du ein Leben lang auf mich aufgepasst hast.

Als dein Kind werde ich immer in deiner Schuld stehen.

Dich zu retten, bedeutet, mich zu retten, Maman.

Ich habe alles versucht, oder nicht?

Ich wollte immer dein Engel sein, der dich beschützt.

Wenn du stirbst, habe ich versagt.

Und Papa, der als Erstes die Gardinen zur Seite zieht und das Fenster aufreißt, wenn er hereinkommt, wegen des Geruchs im Raum:

Wie fühlst du dich heute, Joséphine?

Mit der Hand über ihre Bettdecke streicht.

Wie er vergeblich ihr Lächeln sucht, weil ihre Augen geschlossen sind, ihre Haut wächsern.

Ihre blauen Hände berührt.

Sich an mich wendet, sagt:

Sie ist so krank, Louise. Wie lange wird sie noch durchhalten?

Sag das nicht, Papa. Das darfst du nicht.

Maman sieht heute schon viel besser aus, sie hat sogar versucht sich aufzurichten, um den Himmel zu sehen, sie wollte sich Süßigkeiten nehmen, ein Buch lesen.

Papa, der es nicht lange im Raum aushält, die Pralinen fahrig vom Nachtschränkchen auf die Fensterbank räumt, das Teeglas aufs Tablett zurückstellt, die Tür aufstößt und vorgibt, er müsse Rechnungen schreiben, die Bestellungen der Kunden durchblättern, den Angestellten Aufträge für den nächsten Tag erteilen.

Papa, der im Arbeitszimmer auf und ab geht und darüber nachdenkt, wann er zum letzten Mal einen neuen Stein in das Holzkästchen auf dem Schreibtisch gelegt hat.

Und wenn Mamans Name wirklich auf dem Grabstein stünde, unter dem von Großvater und Mémère? Wenn wir ihren Tod als etwas Dauerhaftes, in Stein Gemeißeltes anerkennen müssten:

Joséphine Valerie Bourgeois 1879–1932.

Wenn überall Blumen und Kränze lägen, Papa, Henriette, Pierre und ich den Trauergästen am Grab die Hände schüttelten, unsere Gesichter verborgen hinter Taschentüchern.

Wenn Haus und Garten allmählich verwahrlosten, die Rosenbeete verwilderten, Papas Statuen von Efeu überwuchert wären, weil sich niemand mehr kümmerte. Und die Fenster in Mamans Schlafzimmer wegen des Kranken- und Totengeruchs Tag und Nacht offen stünden und niemand wagte, das leere Zimmer zu betreten, in dem sie so unendlich lange gelegen hat, niemand außer mir.

Kein Trippeln auf den Fluren mehr, kein Türenschlagen.

Sadie, die Pelze, Ohrringe und den übrigen Schmuck in ihre Koffer packte, und Papa, der sagte:

Nimm alles mit und geh!

Weil es plötzlich nicht mehr schicklich wäre, eine Mätresse zu haben, weil Papa ihrer müde geworden wäre, weil sich die Spielregeln geändert hätten.

Mamans Platz am Tisch, auf dem kein Teller oder Glas stünde, die Wolldecke, die immer zum Wärmen über ihren Knien lag, in die Kommode geräumt, ihr Sessel mit der Gobelinstickerei leer.

Trotzdem würde ich ihr unterdrücktes Husten im Raum noch hören, weil ich damit aufgewachsen bin, ihren stummen Blick auf mir fühlen, inmitten all dieser Leere.

Würde ich dann noch weiterleben können?

Aber sie wird nicht sterben, nicht wahr, Herr Doktor?

Es geht ihr doch besser, oder nicht?

22

Ich bleibe bei dir, Maman, bis der Morgen kommt, der nächste Tag anbricht. Ich werde niemals fortgehen, ich werde niemals heiraten, Maman, wenn du den Tag überlebst. Ich kann nicht ohne dich sein.
Ich will mit dir sterben.
Lebe ich denn? Ja, ich sehe mich an deinem Bett, wie ich dir deine grauen Strähnen hinters Ohr streiche. Deine Stirn kühle. Dir Tee einflöße.
Höre meine Stimme:
Ne me quitte pas.
Do not abandon me.
Du öffnest deine Augen, lächelst matt.
Und als ich mein Ohr ganz nah an deine Lippen halte, höre ich, wie du meinen Namen flüsterst:
Louise.
Noch einmal, so leise, dass es außer mir niemand hören kann: Louise.
Ich werde mich niemals von dir trennen. Hörst du, Maman?
Wie könnte ich das?
Du weißt doch, ich kann mich von nichts trennen: nicht von leeren Parfumflakons, von meinem Wecker, der schon lange nicht mehr funktioniert, von kaputten Koffern, meinem Kinderspielzeug, Tagebüchern, ab-

gelegten Unterröcken, Nachthemden, Kleidern, Mänteln, Schuhen.

Ich habe mich niemals von meinen alten Schuhen getrennt, egal wie nutzlos sie waren, sie sind meine Vergangenheit, am liebsten würde ich sie an mich drücken und festhalten.

Sie sind meine Schätze, meine Erinnerungen.

Meine Schränke sind voll mit Spiegeln, Kämmen, Medaillons, Stoffen, Knöpfen, Spindeln, allen möglichen Woll- und Teppichresten und kleinen Nadeln. Wer wüsste es besser als du, was das für Zauberwerkzeuge sind, die stechen und wehtun, aber auch mit magischer Kraft Dinge zusammenhalten.

Wie könnte ich da fortgehen, wo hier alle Schränke mit solchen Kostbarkeiten gefüllt sind!

Wo sollte ich auch hin?

Ich bin immer bei dir geblieben. Ich bleibe auch jetzt, Maman.

Deine lächelnden Augen und wie du meinen Namen hauchst:

Louise.

So leise, dass ihn außer mir niemand versteht.

Ich bin da, Maman.

Hören Sie, Mademoiselle Bourgeois, ruhen Sie sich ein bisschen aus. Legen Sie sich hin. Ich sage Ihnen Bescheid.

Die Stimme des Doktors klingt gedämpft, feierlich. Die Gardinen sind vorgezogen, Mamans Bett frisch gemacht, und auf dem Flur gehen alle auf Zehenspitzen, um keinen Lärm zu machen.

Aber ich will mich nicht ausruhen, Herr Doktor. Ich will reden, ununterbrochen reden, damit sie nicht aufhört zu atmen.

Maman, das wirst du nicht tun, hörst du! Maman!

Heute ist der vierzehnte September, ein stürmischer Herbsttag, alle Wolken sind wie weggefegt.

Ich will, dass du wieder mit uns am Tisch sitzt, Papa am Kopfende, du auf deinem Sessel links von ihm, ich rechts, neben mir Pierre und am anderen Ende Henriette mit ihrem Ehemann.

Wie immer herausgeputzt.

Jeden zweiten Tag ein anderes Kleid, eine andere Frisur.

Hast du neulich ihren Hut bemerkt? Er muss ein Vermögen gekostet haben.

Ihre Eleganz. Lange Zeit war ich neidisch auf sie und die schönen Sachen, die sie über Jahre für ihre Aussteuer angehäuft hatte.

Sie war immer verrückt nach Jungs, anders als ich.

Einmal habe ich sie gesehen, Maman, mit einem Jungen aus der Nachbarschaft. Er befingerte und bedrängte sie, und überall war Blut. Ich dachte, sie müsse sterben.

Jetzt habe ich Mitleid mit ihr, mit ihrem steifen Knie, dem humpelnden Gang, der Unmöglichkeit, eine eigene Familie zu gründen, Kinder zu bekommen.

Früher wollte ich so sein wie sie. Und manchmal hatte ich den Verdacht, ihr mochtet sie lieber als mich. Aber inzwischen weiß ich, dass es umgekehrt ist.

Weil ich Papa ähnlich sehe? Die gleiche Nase, die

blauen Augen, der hohe Haaransatz. Oder weil ich so sein will wie er, der sich an keine Spielregeln hält?

Aber ich bin wie du, Maman.

Ich schweige zu dem, was hier im Haus passiert. So wie du schweigst und verheimlichst. Mich im Dunkeln lässt über dich und Papa und Sadie.

Mich im Wandschrank in Chartres versteckst, um mich am Sehen zu hindern. Ist es so?

Und warum?

Weil du mich schützen willst? Aus Angst, dass ich die Wahrheit nicht ertrage? Oder aus Angst um euch?

Ich habe ständig Angst. Angst davor, allein zu sein, Maman. Und ich habe Angst vor Kälte. Beides.

Diese Art von Furcht, die mich ganz plötzlich auf dem Weg nach Hause überfällt. Oder wenn ich ganz ruhig in der Küche Dinge wegräume und sich auf einmal eine entsetzliche Stille breitmacht, in der ich nur noch meinen rasenden Herzschlag höre.

Diese Angst kommt von innen, sie überfällt mich so plötzlich wie ein Donner, der heranrollt, wie ein Fluss, der ruhig glitzernd dahinplätschert mit bunten Steinchen und schillernden Muscheln am Grund und mit einem Schlag zum tosenden Strom wird, alles überschwemmt, Bäume und Uferböschung mit sich reißt. Und nur wenn ich dann zum Himmel schaue und anfange, meinen Platz auf der Erde im Verhältnis zum Stand des Mondes, den Sternen, der aufgehenden Sonne, den Himmelsrichtungen zu bestimmen, kann ich diese Angst ein wenig unter Kontrolle bringen.

Maman, manchmal wünschte ich mir, ich könnte die Angst töten, sie in einen Kasten sperren, in einen Raum quetschen, damit sie verschwindet. So wie man Tote in einen Kasten sperrt, ihnen einen Platz auf dem Friedhof gibt, ein Loch in die Erde gräbt und es zuschüttet.

Damit alles seine Ordnung hat, damit alles seinen Platz hat, damit der Frieden zurückkommt und die Sicherheit.

Aber warum diese Angst?

Kinder haben Angst, das ist normal. Sie müssen ihre Angst überwinden. Sie singen aus Angst. Singen, wenn sie allein in den Keller oder über einen dunklen Feldweg nach Hause gehen. Klammern sich fest, wenn sich die Wellen aus der Tiefe des Meeres wie greifende Hände nach ihnen ausstrecken oder der Wind sie mit sich fortreißen will.

Papa wollte sie mir als Kind austreiben, indem er mich nachts vom Garten mit irgendwelchen Aufträgen zum Haus schickte. Damals ging ich mutig durch die Nacht, die Arme um den Oberkörper geschlungen, als müsste ich mich an mir selbst festhalten. Aber die Angst ist geblieben. Wenn sie mich überkommt, schüttelt sie mich von Kopf bis Fuß. Ich weiß nicht mehr, wo ich bin. Ich kann nicht mehr laufen, und meine Beine tun mir weh, als wäre ich kilometerweit gegangen.

Papa versteht das nicht, Maman.

Sein prüfender Blick am Tisch über Teller und Schüsseln hinweg und wie er mich fragt:

Fühlst du dich nicht gut, Louise?

Ist es meine Blässe? Die dunklen Ringe unter den Augen? Ich weiß nicht, was er hören will. Ich weiß nur, dass irgendetwas falsch mit mir ist, wie Großvater es damals im Garten gesagt hat, als ich fünf war:

Dieses kleine Mädchen, diese kleine Louise, wird dir Sorgen machen.

Aber Louise, was fehlt dir bloß?

Du fährst nach England, in die Berge von Chamonix, nach Nizza und Le Cannet, trägst Kleider von Chanel, Poiret und Sonia Delaunay, wohnst in einem großen Haus, besitzt ein eigenes Auto und einen Führerschein, einen Hund und eine Gouvernante. Und deine Eltern lieben sich wie Pyramus und Thisbe.

Was willst du denn noch?

Es gibt Momente, da will ich einfach nicht Teil dieser Familie sein.

Ich weiß nicht, was ich dir noch erzählen kann, Maman. Alles kommt mir so nutzlos vor ohne dich.

Ich habe Angst, meinen Platz hier neben dir zu verlassen. Ich bin nur noch die, die Angst hat. Die Angst um dich hat, Angst, du könntest die nächste Stunde nicht überleben.

Maman.

Ich halte deine Hand.

Ich bleibe bei dir, bis der Morgen kommt, der nächste Tag. Ich werde niemals fortgehen.

Ne me quitte pas.
Do not abandon me.
Geh nicht.

Nicht aufhören zu atmen, Maman.

Das wirst du nicht tun, hörst du!

Heute ist der vierzehnte September, ein stürmischer Herbsttag, alle Wolken sind wie weggefegt.

Die Eule sitzt nicht mehr vor deinem Fenster.

Alles wird wieder so werden, wie es war. Alles wird gut. Alles wird gut.

Du öffnest deine Augen, lächelst matt.

Und als ich mein Ohr ganz nah an deinen Mund halte, höre ich, wie du meinen Namen flüsterst:

Louise.

Noch einmal, so leise, dass ihn außer mir niemand hören kann: Louise.

Und dann ist es mit einem Schlag still.

Das Haus ruhig, das Rauschen der Pappeln plötzlich verstummt, nur diese Stille und inmitten der Stille das Ticken der großen Pendeluhr im Flur und mein pochender Herzschlag.

23

Solange ich hier in ihrem Bett liege, in dem Zimmer, in dem sie so viele Jahre in diesem Ödland zwischen Leben und Tod verbracht hat, solange ist sie noch immer bei mir. Ich will nichts anderes, nur hier sein.

Niemand darf hereinkommen und uns stören. Die Türen verschlossen, Uhren angehalten, Spiegel verhängt, Fenster weit geöffnet.

Obwohl alles so aussieht wie vorher, ist das Zimmer fremd, ausgefüllt mit der Leere ihrer Abwesenheit. Der Frisiertisch, auf dem ihre Haarbürste liegt. Neben dem leeren Bett der Nachttisch mit Medikamenten, Fläschchen, Fieberthermometer, Stofftüchern, Brille und Bibel. Das Gestänge mit Glasphiolen in der Ecke. Alles so arrangiert, als sollte es gleich wieder benutzt werden.

Unwirklich ordentlich. Sauber.

Unten im Essraum der Sarg, in dem sie aufgebahrt liegt. Jeder soll sich von ihr verabschieden können: Freundinnen, Nachbarn, Arbeiterinnen aus der Werkstatt.

Alle erwarten, dass auch ich komme, aber ich kann nicht.

Ich bleibe hier bei ihr. Niemand darf hereinkommen und uns stören. Ich habe die Türen verriegelt.

Durchs geöffnete Fenster höre ich den Motor eines Wagens, er scheucht die Krähen aus der schwarzen

Pappelwand auf, er nähert sich langsam, vibriert, hält an. Autotüren, eilige Schritte auf dem Kies.

Wie sind sie hereingekommen? Ich habe die Gartenpforte nicht gehört. Kein Klacken, keine Klingel an der Haustür.

Ich werde nicht zulassen, dass sie den Kasten zumachen, sie einsperren und aus dem Haus tragen.

Mir ist kalt, meine Gedanken taumeln. Immer wieder sehe ich sie vor mir: ihr verquollenes Gesicht, ihre grauen Haare, die einmal brünett gewesen sind, die Haut, gezeichnet von dunklen Flecken. Dann entgleitet sie mir wieder.

Und plötzlich sehe ich eine junge Frau ganz in Weiß am Strand mit einem Sonnenschirm in der rechten Hand. Über ihr der blaue Himmel von Trouville. Sie trägt einen breiten Gürtel mit silberner Schnalle, der ihre schmale Taille betont, einen großen Hut. Sie rafft mit der Linken ihren langen Rock zusammen, sodass die schlanken Fesseln zu sehen sind. Sie lächelt, und einen Augenblick lang sehe ich dieses Bild vor mir, wie eingefroren, zum Greifen nah, bis plötzlich Himmel, Strand und die junge Frau zu einer weißen Fläche verschwimmen.

Ich rolle mich in Mamans Decken ein, vergrabe mein Gesicht in ihren Kissen. Ich will nichts anderes, nur hier in ihrem Bett bei ihr sein. Ich verlasse dieses Zimmer nie mehr.

Den ganzen Tag über stürmt es schon. Die letzten Äpfel und Birnen fallen von den Bäumen. Ich werde die vorbeifegenden Wolken beobachten, die Krähen am Himmel, die scheinbar still in der Luft stehen, um sich anschließend von einer Böe forttragen zu lassen. Werde Mamans Geruch in Laken und Kissen einatmen und hören, wie sie meinen Namen flüstert:

Louise. Meine kleine Louise.

Ich werde wie Maman nachts die Sterne zählen und wie sie traumverloren Wände und Zimmerdecke anstarren, zerschlissene Magnolienblüten, Lilien und Rosen sehen und nach Farben suchen, nach Rot- und Weißtönen und nach dem Blau für die ramponierten Schwanzfedern des Pfaus. Ich werde das Murmeln der Flüsse hören, der Bièvre, der Seine und der wilden Creuse, und ein letztes Mal verschwommen Mamans Umrisse erkennen.

Wie sie auf dem Balkon hinter blühenden Geranien steht, vor den erleuchteten Fenstern ihres Elternhauses in der Rue Vaveix 108, dem Haus mit den schmiedeeisernen Gittern an der Haustür und den Initialen F.

F für Fauriaux, ihr Mädchenname.

Sie will sich verabschieden.

So wie damals, als sie alles hinter sich ließ: die Eltern, die Arbeit, die sie am vorherigen Tag noch angefangen hatte, die Creuse, deren Rauschen sie oben in ihrem Schlafzimmer Tag für Tag hörte, das Brüllen der Rinder in den Morgenstunden, den Anblick geschlachteter ausblutender Tiere, aufgehängt im Hof.

Einen Vorwand, einen Grund, ein Motiv suchen, warum sie durchgebrannt ist.

Sie berührt den Arm ihres geliebten Louis. Er flüstert ihr etwas ins Ohr, was sie glücklich macht.

Sie will raus aus der düsteren Kleinstadt Aubusson mit ihren schiefergedeckten grauen Häusern, steilen Gässchen, klammen Mauern und Torbögen, die doch nur einen Blick auf weitere Mauern und Felsen freigeben. Weg von der wilden Creuse, dem ewigen Rauschen vor ihrem Fenster, weg von diesem grauen Ort, in den seit ewigen Zeiten nur die weichen gedämpften Pastelltöne der Wollfäden und bunten Teppiche Farbe bringen. Weg aus diesem Nest, das Frauen über Jahrhunderte durch sein uraltes Handwerk der Bildwirkerei an sich bindet.

Joséphine will mit Louis etwas Eigenes aufbauen. Mit ihm nach Paris gehen, in eine Stadt, die größer ist, als sie es sich in ihren kühnsten Träumen vorstellen kann, voll unbekannter Menschen, schillernder Viertel und Plätze, voll imposanter Gebäude und Boulevards, vor allem aber voller Möglichkeiten, ihr Leben neu zu beginnen.

Wonach der Abend duftete, als sie mit Louis davonlief? Nach der feuchten und modrigen Creuse? Nach Ginster, stark und fruchtig, oder dem Parfum, das sie sich für ihren Liebsten aufgetupft hatte? Nach ihren Körpern, die sich sehnsüchtig und ängstlich zugleich aneinanderdrängten, weil sie nicht wussten, was das neue Leben ihnen bringen würde?

Und wenn Maman es damals gewusst hätte: Hätte sie es wieder getan, wäre sie wieder mit diesem Mann durchgebrannt?

Jetzt erkenne ich ihre Umrisse auf dem erleuchteten Balkon nicht mehr. Nur die Steinmauer gegenüber, das braune Wasser der Creuse, und ich sehe die kleine Louise, die ihre Ferien bei den Großeltern verbrachte, weil sie in Kriegszeiten dort in Sicherheit war. Wie sie ängstlich am Flussufer steht, zwischen grauen Steinen, zwischen Wasserdost und Brombeeren, wie sie der Großmutter bei der Arbeit zuschaut, bis diese ihr das Ende eines nassen Teppichs hinhält und sagt:

Hier, Louise, hilf du mit beim Auswringen, wie es alle tun!

Auch das Schreien der Tiere aus dem Schlachthof höre ich, sehe die Creuse, vom Blut der geschlachteten Rinder rot verfärbt. Und obwohl ich doch so oft an diesem Ort war, finde ich die Stufen zum Wasser nicht.

Sie sind mit Brombeeren, Moosen und Farnen überwuchert und liegen im Dunkeln, so wie ich auch mein Spiegelbild im Wasser nicht erkennen kann.

24

Außer mir ist niemand da, nur die Concierge am Eingang nickt mir zu. Sie kennt mich.

Der Friedhof in Clamart ist weitläufig. Es gibt viele Wege zwischen den Mausoleen, kleinen Häusern und Totenwohnungen hindurch. Ich gehe den breiten Sandweg entlang Richtung Kapelle. Der Himmel blank und weiß.

Äste und Bäume knacken vor Frost. Meine Hände sind trotz der Handschuhe durchgefroren.

Unsere Familiengrabstätte liegt an einem der Hauptwege, im Schatten einer hohen Kastanie.

Am Sockel des großen abgerundeten Grabsteins leuchtet eine weiße Marmorplatte mit goldener Inschrift, so strahlend, als wäre sie gerade erst angebracht worden:

A la Mémoire – De Notre Fils Chéri – Désiré Alfred Bourgeois – Mort Au Champ D'Honneur – 21. Sept 1914 – Combat de Limey.

Es wird dunkel und still.

Vielleicht kehrt Désiré doch heim, ma chérie!

Vielleicht ist das alles nur ein Irrtum! Steht plötzlich in der Küche mit seiner schönen Uniform, eine Blume im Knopfloch, seinem Koffer und seinem Lächeln. Sagt:

Hallo, Maman, ich bin zurück! Ich bin nicht gefallen, es ist nichts passiert.

Und sie ruft schnell den Steinmetz an.

Nein, den Auftrag für die Grabplatte aus Marmor, Désiré Bourgeois, ja, mit der goldenen Inschrift, ich ziehe ihn zurück, sofort. Ich brauche sie nicht mehr.

Sich seiner Anwesenheit sicher sein, seines Lachens, seiner Schritte.

Ich könnte schwören, ich hätte seine Schritte gehört, ma chérie!

Und dann wachte sie auf, mitten in der Nacht, machte das Licht an und niemand war da.

Ihr Sohn, geliebter Bruder meines Vaters, der aufhörte zu sein, ohne wirklich die Chance gehabt zu haben, zu leben.

Aber wenigstens die Grabplatte sollte strahlen, das Andenken an ihn niemals verblassen. Die Erinnerung an ihren liebsten Sohn niemals ausgelöscht werden.

In der Mitte des Steins die frisch eingemeißelte Inschrift:

Mme. L. Bourgeois 1879–1932

L. für Louis, nicht J. für Joséphine? Weil selbst auf dem Grabstein allein der Name des Mannes zählt?

Das Licht, das jetzt den hellen Schriftzug gelb färbt, heller als die anderen Namen auf dem Stein.

Als ich mich weit über das schmiedeeiserne Gitter beuge, raschelt es über mir in der Kastanie, dann fliegt eine Krähe auf, kreist über meinem Kopf, lässt sich erneut im Baum nieder.

Ich lege frische Chrysanthemen neben die erfrorenen Lilien von letzter Woche. Der Frost dringt allmählich durch meine Kleidung. Auch wenn ich meine Arme fest um den Körper schlinge, wird mir nicht warm.

Mein feierlicher Schwur, was bleibt davon übrig, jetzt wo du tot bist, wo dein Name hier eingeritzt steht, für immer eingemeißelt in diesen Stein?

Ich bin nur noch die, die an deine Stelle will, Maman. Ich bestehe einzig aus diesem Wunsch.

Wenn ich nur aufhören könnte damit:

dass es meine Schuld ist, dass du nicht wiederkommst!

Mein Versprechen ist nichts mehr wert. Es hat seine Gültigkeit verloren.

Ist das etwas Gutes?

Es war eine Richtschnur. Jetzt weiß ich nicht mehr, wo ich stehe. Aber ich fühle die Last immer noch.

Maman, wo soll ich hin? Was kann ich tun?

Wenn die Schreie der Käuzchen in den Pappeln mich nachts nicht aufwecken würden, vielleicht könnte ich dann schlafen. Wenn ich nicht so viel nachdenken würde. Wenn ich nicht so viel weinen müsste.

Ich will bei dir sein.

Weißt du noch, damals in Trouville am Strand?

Du sahst aus wie eine Prinzessin in deiner weißen Spitzenbluse, dem weißen Sonnenschirm. Weißt du noch, wie wir im Strandkorb saßen und aufs Meer schauten, auf die gekräuselte Oberfläche, auf dunkle Strudel, Wellen, die auseinanderliefen und seicht an Land rollten?

Ich saß sicher und fest auf deinem Schoß. Papa kauerte im Sand und ließ den kleinen Nachbarsjungen nicht aus den Augen. Wie hieß er noch: Marcel? Der raufte sich mit einem anderen, rang ihn schließlich nieder und drückte ihn triumphierend in den Sand. Papa lachte, sprang plötzlich auf, packte mich, trug mich zum Wasser und tauchte mit mir in die Wellen. So schwammen wir zusammen aufs Meer hinaus, als wollten wir gemeinsam sterben, irgendwo weit draußen. Ich klammerte mich in Todesangst an ihn, wie eine Muschel an einen Felsen.

Ich bin sicher, er hätte sich in diesem Augenblick gewünscht, ich wäre ein Junge, weil er glaubte, der hätte sich nicht so gefürchtet. Was meinst du, war es so? Er versteht meine Angst nicht.

Und du, die zitternd im Strandkorb zurückblieb, regungslos einem kleinen Mädchen auf dem Arm ihres Mannes nachschaute, das immer kleiner wurde, bis nur noch ein winziger Punkt zu erkennen war, der allmählich ganz verschwand. Hast du einen kurzen Moment geglaubt, wir könnten für immer da draußen bleiben? So wie ich es geglaubt habe?

Etwas sagt mir, dass es so war. Dass du Angst um mich hattest.

So wie ich immer Angst um dich hatte.

Jetzt ist es einfacher, mit dir über den Tod zu reden, vielleicht weil ich mir sicher bin, dass du mich nicht hörst.

Erinnerst du dich an die Zeit nach Désirés Tod?

Unsere Traurigkeit, die alle veränderte, auch mich, die kleine Louise, die nichts verstand.

Niemand sprach damals darüber.

Ich traute mich nicht zu fragen.
Das Schweigen war bedrückend.
Diese dumpfe Stille, die sich über uns legte.
Diese dumpfe Stille, die sich jetzt über mich legt.
Dein Tod macht dich unwirklich, Maman.

Und wenn ich daran denke, werde ich wütend. Ich weiß nicht, wo diese Wut herkommt.

Ich habe es mir nicht ausgesucht, dass ich so bin.
Diese kleine Louise wird dir Sorgen machen.
Weißt du noch?
Es ist etwas falsch mit mir.
Ich verliere die Kontrolle.

25

Meine Sachen saugten sich sofort mit Wasser voll und ließen mich untergehen wie einen Stein.

Schon im Sinken hörte ich das Schreien meines Vaters:

Das ist doch lächerlich. Sich in der Bièvre ertränken zu wollen. Willst du, dass ich mir eine Lungenentzündung hole?

Warum habe ich dich überhaupt rausgezogen?

Mein neuer Nadelstreifenanzug, die guten Lackschuhe, das Einstecktuch, alles ruiniert.

Schluss jetzt mit diesem Drama, Louise!

Das Leben geht weiter.

Es ist meine Schuld, dass sie tot ist. Weil ich versagt, weil ich Maman nicht gut genug gepflegt habe.

Warum ist sie sonst gestorben?

Warum hat sie mich verlassen?

Hör auf mit diesem Drama, Louise.

Papa, der wie immer ungerührt seine Zeitung liest.

Warum kann ich nicht einfach akzeptieren, dass sie nicht mehr da ist?

Warum verliere ich die Kontrolle über mich, als würde ich ins Endlose fallen?

Lass dich nicht so gehen, Louise!

Warum halte ich es in diesem leeren Haus nicht länger aus?

Das Haus sieht doch aus wie immer: Spitzendecke und Obstschale auf dem kleinen Esstisch, das warme Licht der Lampe neben der Eckkommode von Louis XVI., die in Silber gerahmten Familienfotos an der gelben Wand, der Gobelinsessel und die Trockensträuße auf dem Kaminsims. Es ist dasselbe Haus. Nichts hat sich geändert. Noch immer hängen die Stühle auf dem Dachboden, die Mädchen arbeiten in der Werkstatt, und die Bièvre ist voller Wasser und brauner Blätter, wie jedes Jahr im Herbst.

Und in diesem Augenblick, in dem ich schweigend im Sessel neben ihm sitze und darauf warte, dass Maman mich zum Essen ruft, ich ihre Stimme nicht höre, nie mehr höre, nur die Stille im Haus, habe ich die Szene im Lazarett wieder vor Augen, wie Papa seine Hand auf den Handrücken der Krankenschwester legt und sie anschaut, als hätte es Maman nie gegeben, als existierte sie nicht, als existierte auch ich nicht.

Doch Papa lehnt sich in seinem Sessel zurück, ohne zu verstehen, nimmt mich nicht auf den Arm, wischt die Wunde am Knie nicht mit seinem Taschentuch aus, streicht mir nicht über den Kopf, sagt nicht:

Meine liebe Louise, kleine Louison, Louisette, das heilt wieder!

Ein irrtümliches Auflegen seiner Hand auf meine Schulter hätte schon gereicht.

Nein, er liest ungerührt in seiner Zeitung weiter, während ich in viele kleine Teile zerfalle.

Mich auflösen wie Maman, für immer ausgelöscht, wie sie.

Abtauchen, eingehüllt in einen braunen Mantel, zugedeckt mit Schlamm und Blättern. Frieden finden.

Da hab ich's getan. Meine Sachen saugten sich sofort mit Wasser voll und ließen mich untergehen wie einen Stein. Vielleicht würde man mich irgendwann zwischen Geröll und Schlamm am Grund finden, wenn oben in Antony das Wasser abgesperrt, die Bièvre trockengefallen wäre und die Bauern mit Forken und Schaufeln den fruchtbaren Schlick für ihre Felder und Gärten aus dem Fluss geholt hätten.

26

Hast du die Sprache verloren, Louise?

Was willst du von mir?

Papa drückt seine Zigarette im silbernen Aschenbecher neben sich hektisch aus und schaut auf die Uhr.

Das Geschäft wartet, Louise. Ein guter Kunde. Ich muss los. Was hast du mir zu sagen?

Dass ich nicht weiter an der Sorbonne studieren werde, Papa.

Rede nicht solchen Unsinn, Louise. Ich möchte, dass du damit aufhörst. Erst deine lächerlichen Selbstmordattacken, dann das Studium. Du wolltest nach Joséphines Tod doch unbedingt studieren. Ich hätte es gar nicht erst zulassen sollen.

Bitte, Papa, hör mir einmal zu!

Papa, der sich demonstrativ in seinem Sessel zurücklehnt und die Krawatte zurechtrückt.

Nun, Louise, was hast du mir zu sagen?

Ich suchte etwas, was Ordnung in mein Leben bringt, deshalb habe ich das Mathematikstudium an der Sorbonne angefangen. Ich suchte einen Ort, wo es keine Irrtümer gibt, wo sich die Dinge ohne Überraschungen entwickeln, wo man sich sicher fühlt, wo man nicht betrogen, wo man nicht enttäuscht wird.

Du suchst nach Ordnung in deinem Leben?

Ich habe dir weiß Gott schon einige junge Kerle aus gutem Haus präsentiert, mit denen du ein geordnetes Leben hättest führen können.

Hörst du mir überhaupt zu, Papa?

Worüber redest du, Louise? Was hast du mir zu sagen?

Mathematische Ordnung trifft auf Chaos. Natur lässt sich nicht in Gleichungen fassen. Selbst die Mathematik ist eine Kombination aus Erfindung und Entdeckung. Vieles beruht auf Annahmen, die sich nicht beweisen lassen. Ich will damit sagen, die Sicherheit, die ich suchte, habe ich auch dort nicht gefunden.

Und Papa, plötzlich ernst, als ahnte er, worauf das Gespräch hinauslaufen könnte, wippt nervös mit seinem rechten Schuh, steckt sich erneut eine Zigarette an.

Weißt du noch, wie stolz ihr wart, Maman und du, dass ich schon als Zwölfjährige Füße und Hände für die Werkstatt zeichnen konnte und Monsieur Gounaud überflüssig wurde?

Erinnerst du dich, wie Maman damals zu mir sagte:

Du zeichnest doch ständig, Louise, wir könnten weitermachen, wenn du uns hilfst.

Ja, ich kritzelte damals schon in jeder freien Minute meine Gedankenfedern auf lose Blätter. In meinen Zeichnungen nahmen sie Gestalt an, ich konnte sie vor mir sehen. Damit verloren sie ihre Macht, mich zu verletzen oder mir Angst zu machen.

Ich zeichne und male immer noch, jeden Tag, weil ich nicht anders kann. Meine Regale sind voll von diesen Kritzeleien, vielleicht ist es inzwischen auch mehr als das. Die Zeichenkurse an der École nationale supérieure des Arts Décoratifs und anderswo, das Studium der Farbstoffe und Farbenlehre haben mir sehr geholfen. Egal, Kurse hin oder her, ich war so blind, Papa! Ich weiß jetzt, nur so kann ich das Chaos in meinem Kopf ordnen. Das ist es, was ich will.

Entschuldige, Louise? Was redest du da? Kommt es mir nur so vor, oder ist das wieder eine deiner albernen Ideen?

Papa, der die ganze Zeit nervös an seiner Zigarette zieht, der ahnt, dass er gleich eine böse Überraschung erleben wird, dem allmählich klar wird, dass ich nicht nur die Regel nicht befolgen werde, so schnell wie möglich, wenn nicht die Mutterrolle, so doch den lyrisch-schönen und passiven Gegenpol zum selbstverständlich aktiven Ehemann zu übernehmen, sondern dass ich mein Studium an der Sorbonne abbrechen werde, um noch Desolateres zu studieren.

Künstlerin also, sagt er langsam. Ungläubig. Fassungslos.

Künstlerin?

Wie unpassend.

Das ist alles, was ihm dazu einfällt.

Wie unpassend.

Und nach einer langen schweigsamen Pause:

Dann dreh ich dir den Geldhahn zu, Louise. Solche Eskapaden bezahle ich nicht.

Drückt seine Zigarette aus und zieht die Tür zum Arbeitszimmer hastig hinter sich zu.

Dieser schöne Mann in seinem Nadelstreifenanzug, der nichts merkt.

Kommt es mir nur so vor, oder ist das schon wieder eine deiner albernen Ideen?

Der nicht merkt, dass längst eine andere vor ihm sitzt.

Dieses Mal bin ich mir sicher, Papa, auch wenn es nicht in deine Pläne passt.

Ich will Künstlerin werden.

Wie unpassend. Dann drehe ich dir den Geldhahn zu.

Komm her, setz dich auf meinen Schoß, höre ich Maman flüstern und wie sie sagt:

Lernen ist das Geheimnis, hörst du. Du musst lernen.

Ja, Maman. Arbeit, Pflicht, Tugend, meine magische Formel. Sie war schon immer meine Rettung.

Travail, Devoir, Vertu.

TDV, drei Buchstaben auf dem Umschlag meines Tagebuchs, damit ich sie nicht vergesse.

Und wie sie mich wiegt und singt, während ich ihr von morgen erzähle, meinem unbedingten Willen, keine Zeit mehr zu verschwenden. Von Akademie zu Akademie, von Lehrer zu Lehrer zu rennen, um Künstlerin zu werden.

Und wenn Papa nicht bezahlt, finden sich andere Wege.

Dieser schöne Mann in seinem Nadelstreifenanzug kennt keine Grenzen, ihm ist alles erlaubt.

In seiner Welt hat er die Macht, mir, seinem Kind, alles zu verzeihen, aber auch die Macht, es zu bestrafen. Er diktiert die Spielregeln, aber er selbst muss sich nicht an Regeln halten.

Er fühlte sich nicht schuldig, als er ständig abwesend war und mich als Kind allein mit der Verantwortung für seine kranke Frau zurückließ.

Er fühlte sich nicht schuldig, als er Maman und mich mit Sadie betrog.

Er fühlt sich nicht schuldig, wenn er mir die teuersten Kleider schenkt, um eine große Dame aus mir zu machen, die ich nicht sein will.

Er fühlt sich nicht schuldig, wenn er mich mit ungeliebten Männern verheiraten will.

Er ist zufrieden und eins mit sich. Er hat sein Geschäft, verdient Geld, ist in der besseren Gesellschaft anerkannt und lässt sich von der Familie täglich feiern.

Und ich hänge wie eine Spirale am Ast, weiß nicht, wo oben und unten ist. Versuche, das Chaos in mir unter Kontrolle zu bringen. Wo soll ich ansetzen? Am Rand oder im Zentrum?

Nähere ich mich von außen, verschwinde ich im Wirbel und versinke.

Beginne ich in der Mitte, werde ich an den Rand getrieben und bin sichtbar.

27

Und immer noch Antony, die Zimmer mit den Briefen und Fotos, dem Füllfederhalter auf der Schreibtischablage, der Ledermappe, der Holzkiste mit den Glückssteinen. Immer noch die hängenden Stühle auf dem Dachboden, der Chrysler im Hof. Dasselbe Haus, in dem Mamans Geist allgegenwärtig ist, das erzitterte, wenn sie ihre Stimme erhob: Ist das klar, Louis, wir nehmen nur Teppiche, die vor 1830 gefertigt wurden, aus reiner Wolle und Seide, und wir benutzen nur natürliche Färbemittel, keine chemischen!

Das Haus, in das auch Pierre nach seiner Militärzeit zurückgekehrt ist, mein kranker, aufbrausender, schwieriger, geliebter Pierrot.

Der missratene Sohn.

Zu nichts zu gebrauchen.

Papa, der sich den Mund abtupft und die Serviette zornig auf den Teller wirft.

Noch einmal: Was soll ich mit dir anfangen, Pierre!

Selbst beim Militär hast du nichts gelernt.

Die Illusion, dass meine tote Mutter beschwichtigend die Hand auf Papas Arm legt, bevor dieser den Stuhl zurückschiebt, um im Arbeitszimmer zu verschwinden.

Er braucht eine Aufgabe, Louis, übertrage ihm eine Funktion im Geschäft, gib ihm eine Chance.

Aber Papa hält auf dem Weg ins Arbeitszimmer plötzlich inne, als hätte er eine furchtbare Eingebung.

Seine lärmenden Schritte auf der Treppe zum Dachboden, der Schlüssel, das Umlegen des Lichtschalters und dann sein markerschütternder Schrei, als er die losen Seilenden von der Decke baumeln sieht:

Pierre, die Stühle! Wo sind die Stühle?

Papa, es scheint mir, du bist wütend. Ich wollte doch nur das Beste in diesen schwierigen Zeiten.

Die Stühle sind verkauft.

Und als ahnte Papa, dass in seiner Abwesenheit noch weitere Katastrophen passiert sind, poltert er wie ein Wahnsinniger die Treppe vom Dachboden herunter, ohne Pierre und mich wahrzunehmen, hastet durch den Salon, reißt die Tür zum Garten auf und rennt über den Kiesweg an Buchsbaumhecken und Rosenbeeten vorbei zur Wiese an der Bièvre, wo Kirschbäume, Apfelbäume und seine Lieblingsstatuen standen.

Wo, zum Teufel, sind meine Statuen? Sein Brüllen ist durch den gesamten Garten bis zum Haus zu hören.

Erklärst du mir auf der Stelle, wo meine Statuen sind, Pierre?

Papa, es scheint mir, du bist wütend. Ich wollte doch nur das Beste.

Die Statuen sind eingeschmolzen, die Bäume wurden abgeholzt. Verzeih mir.

Wie bitte? Verzeihen?

Aber Papa.

Halt sofort den Mund. Wage ja nicht, hier noch irgendetwas anzufassen.

Maman besänftigend, leise flüsternd: Warum musstest du ihn zum Militärdienst zwingen, Louis?

Dort ist er verrückt geworden.

Zärtlich hält sie ihren Sohn im Arm, streicht über seinen Kopf.

Und ich, in der Hoffnung, dass der Junge nicht Pierre ist, dass ich nicht Papas Stimme, nicht die der Toten höre, sitze in meinem Sessel und spüre, wie die Mauern des Hauses nachgeben, fühle den Nachtgarten, die Falter, Käfer, Schnecken und die aufragenden Blätter der Schwertlilien, alles dicht gedrängt neben mir, geheimnisvoll, furchteinflößend, rieche das modrige Wasser der Bièvre, höre die Blätter der Pappeln, und plötzlich zieht sich alles zu einem einzigen Schatten zusammen, in dem nichts mehr sicher ist, so wie auch Maman, die ich eben noch sah, nicht wirklich ist.

Sicher ist, dass ich das Haus morgen verlasse.

Sicher ist, dass ich als Valérie Bourgeois, Mamans zweiter Name, völlig neu anfangen, mein eigenes Geld verdienen und unabhängig werde.

Sicher ist, dass ich Künstlerin werde.

Auch wenn Papa mich zur Heirat zwingen will.

Es gibt junge Mädchen, die froh wären, wenn ihnen ständig reiche, angesehene Männer präsentiert würden.

Henri war eine gute Partie, aber du musstest dich vor sein Auto werfen! Was für ein Drama! Und als wäre das nicht genug, schluckst du auch noch Schlafmittel.

Oder damals Georges. Du löst die Verlobung auf, obwohl der Ehevertrag schon vom Notar unterzeichnet war.

Oder Roger, auf dessen Heiratsantrag du erst gar nicht reagiert hast. Oder Jacques, den du vor den Kopf stößt, weil dir sein Umfeld zu bürgerlich, seine Gesellschaft – also meine Freunde! – zu spießig ist.

Es gibt junge Mädchen, Papa, die heiraten, um zu heiraten. Hast du immer noch nicht verstanden, dass ich nicht zu denen gehöre?

Auch wenn ich ausziehe, heißt das nicht, dass ich dich im Stich lassen werde, Papa. Keine Sorge, ich werde mich weiter um Pierre kümmern, den Umbau in Antony betreuen, dir bei deiner Wohnung und den Geschäften in Paris helfen, wenn du unterwegs bist und deine Sekretärin allein im Laden arbeitet.

Dennoch: Ich werde Künstlerin, mein Entschluss steht fest.

Auch wenn du es nicht verstehst: Ich bin auf der Suche nach etwas, von dem ich glaube, dass ich es in der Kunst finden werde, ohne dass ich weiß, was es ist.

28

Verzeihung? Männliche Aktstudien?

Das ist an unserer Hochschule nicht möglich.

Stillleben, Selbstporträts, Zeichnen nach Gipsmodellen, Studium antiker Figuren oder Landschaftsmalerei, es gibt so viele Sujets, Mademoiselle Bourgeois.

Im Übrigen geht es, neben sittlichen Bedenken, um Raummangel. Getrennte Aktklassen? Nein, Mademoiselle, bei uns nicht.

Eine Ausbildung ohne nackte männliche Modelle? Wo bleibt da die Gleichberechtigung, wo der Entfaltungsraum, die Offenheit und Fülle für mich als Künstlerin?

Tut mir leid, aber es gibt so viele Sujets, Mademoiselle. Stillleben, Selbstporträts, Zeichnen nach …

Ich spüre die Hitze, das innere Kind, das aufstampft, kämpft, die junge Frau, die versucht, das Chaos unter Kontrolle zu bringen.

Männliche Aktstudien? Sie, als Frau?

Künstlerin! Wie unpassend!

Du wirst sehen, Louise, dabei kommt nichts Gutes heraus.

Nur Maman, die leise flüstert: Lernen ist das Geheimnis, Louise, hörst du. Du musst lernen. Deine eigene Sprache finden.

Darf ich es denn?

Habe ich ein Recht auf mein Leben, nachdem ich dich im Stich gelassen habe?

Ne me quitte pas, Maman.

Do not abandon me.

Geh nicht.

Ja, ich will Veränderung.

Als hätte Papa eine andere aus der Bièvre gefischt.

Eine, die sich die Regeln nicht mehr von außen diktieren lässt, die nicht zusehen will, wie ihr das eigene Leben aus der Hand genommen wird.

Und Papa versteht nichts, sitzt in seinem Arbeitszimmer und versteckt sich hinter seinen Rechnungen.

Ich habe keine Zeit für solche Albernheiten.

Hat man je eine solche Tochter gesehen? Bin ich dein Vater oder nicht?

Papa, wann begreifst du endlich! Ich bin nicht eine Figur aus einem Roman, in dem die Tochter nur für ihren Vater lebt und stirbt.

Ich bin nicht da, um die Männer zu heiraten, die du für mich auswählst, weil du davon profitierst. Ich bin nicht da, um deine Träume zu verwirklichen. Ich bin nicht da, um deine endlosen Reden am Tisch zu ertragen. Ich bin nicht da, um auf dich zu warten, wenn du von deinen nächtlichen Ausflügen aus fremden Betten zurückkehrst.

Sei still, Louise! Es gibt junge Frauen, die froh sind, wenn sie heiraten dürfen.

Ich liebe dich, Papa, ich will dir nicht wehtun, aber ich will auch mir nicht wehtun.

Wenn er nur den Kopf heben, mich anschauen würde, wie ich in schwarzen Hosen, Pullover und zusammengebundenen Haaren vor ihm stehe, während sich die Stille zwischen uns immer mehr ausdehnt.

Maman, die beschwichtigend die Hand auf seinen Arm legt, Geschirr vor ihn stellt, das er zerdeppern kann, weil sie Angst vor seinem Gebrüll hat.

Wenn er nur den Kopf heben und mich anschauen würde, stattdessen verrückt er nervös die Box mit den Glückssteinen auf seinem Sekretär, ohne mich anzusehen, nimmt ein Foto aus der hintersten Ecke seiner Schubladen, auf dem er und seine Tochter Louise – in einem Sonia-Delaunay-Outfit – über die Promenade von Nizza flanieren, und murmelt:

Ich werde nie begreifen, warum sie sich nach Joséphines Tod so verändert hat. Was will sie in diesen Akademien? Mit ihrer Kultiviertheit und ihren Sprachkenntnissen hätte sie eine exzellente Antiquitätenhändlerin abgegeben.

Künstlerin! Wie unpassend!

Für so einen Unsinn gebe ich kein Geld aus.

Arbeit, Pflicht, Tugend, meine magische Formel.

Travail, Devoir, Vertu.

TDV, drei Buchstaben, die ich niemals vergesse.

Ich werde keine Zeit mehr verschwenden, mich gängeln, mir Regeln vorschreiben lassen.

Männliche Aktstudien? Sie, als Frau?

Tut mir leid, ich will meine Kraft nicht an Orten vergeuden, die keine Veränderung zulassen.

Ich werde von Akademie zu Akademie, von Lehrer zu Lehrer rennen. Perspektiven, Proportionen, Komposition und Farbgebung studieren, modellieren, an Skulpturen arbeiten, meiner eigenen Intuition folgen, koste es, was es wolle.

Pardon, dir Geld geben, Louise? Wo du nichts Vernünftiges zustande bringst und mich vor meinen Freunden blamierst!

Ich werde das Geld selbst verdienen: auf Wochenmärkten, als Nachhilfelehrerin, als Dolmetscherin für amerikanische Kunststudenten – so hat es doch ein Gutes, dass ich eine englische Gouvernante hatte, nicht wahr –, als Assistentin und Pädagogin in den Akademien, als examinierte Kunsthistorikerin im Louvre.

Vielleicht habe ich viel zu lange so getan, als wäre nichts, meine Tagebücher mit meinen Gedankenfedern vollgekritzelt und tatenlos zugesehen, wie mein Leben an mir vorbeizieht.

Ich wuchs auf mit gewebten Geschichten, mit Tapisserien, auf denen Löwen Eber reißen, Geparde Büffel schlagen und drei Schwestern über Leben und Tod bestimmen. Ich lernte von Klotho, die den Lebensfaden spinnt und zu einem Kleid verwebt, von Lachesis, die den Faden von der Spule abrollt und seine Länge bestimmt, und von Atropos, die ihn mit der Schere durchschneidet, dass einem alles gegeben, aber auch alles genommen wird.

Ich lernte von Penelope, wie man durch geduldiges Warten, Liebe und Klugheit einer scheinbar auswegslosen

Situation entkommt. Von Medea, wie man aus Schmerz über eine unerwiderte Liebe zur Mörderin wird.

Von Ariadne, der kunstfertigen Weberin, wie Hochmut im Wettstreit mit einer Göttin durch die Verwandlung in eine Spinne bestraft wird.

Ich lernte, dass siebenundzwanzig Nuancen nötig sind, um die Farbe einer Rose zu weben, lernte die Namen etlicher Blumen, konnte schnell Orchideen von Magnolien und Lotusblüten von Phlox unterscheiden und Blattarten zuordnen, die Bordüren verzierten, kannte exotische Tiere.

Strich schon als Kind gedankenverloren über Tapisserien, in Papas Geschäft oder Mamans Werkstatt, die wie Bücher in Regalen lagen, geordnet nach Jahreszahlen und Orten.

Fühlte unter meinen Fingerkuppen Lorbeerkränze, Lilien und Rosenköpfe, Fingerhüte und Farne, Pfauenfedern und geflügelte Fabelwesen mit langen Ohren und Schwänzen, folgte Weinranken, die sich bis an die Ränder verzweigten, und tastete Frauenfüße, von leichten Gewändern umspielt.

Und schon damals habe ich mich manchmal gefragt, wie diese Fülle an Bildern möglich ist, wo doch jeder gewirkte Bildteppich, jede Tapisserie und jedes Gewebe in seiner Grundform einzig aus zwei Fäden besteht.

Ich möchte eintauchen in diese Vielfalt, die so sehr mit mir und meiner Vergangenheit verknüpft ist. Mich in der Kunst finden, mir selbst begegnen, meiner Geschichte, meinem Schmerz, meiner Freude, meinen Gefühlen und Erinnerungen.

29

Ich suche mich.

Ich suche einen neuen Ort.

Ich suche eine neue Familie in den Akademien von Montparnasse und Montmartre, bei den besten Künstlern und Lehrern.

Wie ein Kaninchen renne ich deshalb von einem zum anderen.

Colin, Bissière, Colarossi, Gromaire, Lhote, Friesz, Wlérick, Brayer, Léger. Von Akademie zu Akademie: Académie Ranson, Académie d'Espagnat, Académie de la Grande Chaumière, Académie Julian, Académie Scandinavie und viele mehr.

Im Zickzackkurs mal hierhin, mal dorthin, immer den Stimmen folgend, die versprechen, mir neue Türen zu öffnen, und mir zurufen:

Hier geht es weiter, Louise! Vergiss nicht, das Wichtigste ist der Bildaufbau und die Farbgebung. Benutze willkürliche grelle Farben. Mehr Gelb, mehr Blau. Aber nicht zu viele. Beschränke die Palette auf einige wenige. Bleib an der Wahrheit dessen, was du siehst, aber imitiere nicht, sondern frage dich, wie die hereinbrechende Dunkelheit, das Verschwimmen der Häuser und Bäume, das Durcheinander der Gesichter im Gewimmel der

Stadt, dieses Rauschen und Zittern in den Straßen, dein Bewusstsein durchdringt.

Du musst zeichnen, Louise, das ist die Basis!
Zeichne nach Modellen, geh so nah ran wie irgend möglich und schärfe deine Wahrnehmung. Porträtiere Freunde und Verwandte, skizziere vertraute Plätze, Gärten, Motive und Gegenstände aus deiner unmittelbaren Umgebung.

Studiere trotzdem an der École des Beaux-Arts, auch wenn dir die akademische Ausbildung dort nicht behagt!, legt mir mein Geliebter und Lehrer Yves Brayer ans Herz. Vertiefe dort deine Techniken, Louise, beschäftige dich mit der Perspektive, der Geschichte der Architektur und Kunst. Und denk dran: Eine schnelle, spontane Arbeit ist oft interessanter als eine, an der man endlos sitzt.

Hier entlang, Louise! Dein Geist geht ganz natürlich in deine Richtung. Gib ihm Raum, denk nicht zu viel nach, experimentiere. Vereinfache Körper und Figuren und gib ihnen gleichzeitig etwas Großes, Monumentales, Realistisches. Kunst steht für Realismus, nicht für Abstraktion!

Hab Mut, Louise! Löse deine Figuren in geometrische Formen auf, zerlege sie in zylindrische Volumenteile und arbeite die Kontraste der Farben heraus. Misstraue allem Gefühlsmäßigen und Irrationalen. Befreie deine Bilder von jeglichen Emotionen.

Im Übrigen verstehe ich nicht, warum du malst, Louise.

Schau her! Beobachte das Holzstück da am Seil, wie es von der Decke baumelt, sich langsam um sich selbst dreht; die Rundung, die dynamische Form in der Bewegung. Erkennst du die Skulptur darin?

Warum malst du? Du solltest Bildhauerin werden.

Manches verschwimmt, anderes kristallisiert sich als wertvoll heraus.

Die komplette Stille beim Zeichnen nach lebenden Modellen, die Konzentration, Offenheit, Wahrheit beim Arbeiten.

Das Studium der Perspektive, des Modellierens, der Architektur, der Kunstgeschichte.

Alles, was ich brauche, offenbart sich genau hier an diesen Orten künstlerischen Schaffens. Aus ihnen erwächst eine nie gekannte schwindelerregende Freiheit, die mich rettet. Die Kunst ist der Raum, in dem ich lebendig werde, in dem ich mich sicher fühle. Auch wenn sie mich peinigt, mich leiden lässt, mir alles abverlangt. Denn je mehr Stimmen in meinem Kopf zusammenfließen, je mehr ich studiere und lerne, desto mehr, so scheint es, entzieht sie sich mir.

Als könnte ich, je mehr ich zu sagen habe, desto weniger sprechen.

Trotzdem arbeite ich weiter in der Hoffnung auf den Augenblick, an dem ich zur Tiefe durchdringe und meine eigene Stimme finde. So, wie ich meine neue Familie, meine Lehrer und Künstlerfreunde gefunden habe, die mich retten durch ihr Vertrauen und ihre Ehrlichkeit.

Künstlerin? Wie unpassend.

Dann dreh ich dir den Geldhahn zu, Louise. Solche Eskapaden bezahle ich nicht.

Das brauchst du nicht mehr, Papa.

Ich hole nach, was in den langen Jahren der Tatenlosigkeit an mir vorbeigegangen ist.

Ich verdiene mein eigenes Geld.

Du solltest die Amerikaner bei meinen Führungen im Louvre erleben:

Oh my God, gorgeous, Mademoiselle.

Marvellous. Wunderbar!

Pardon, dir Geld geben, Louise? Wo du nichts Vernünftiges zustande bringst und mich vor meinen Freunden blamierst.

Ich brauche dich nicht mehr, Papa, auch die Ehemänner nicht, die du für mich aussuchst.

Ich bin Künstlerin, habe meine Freunde und Liebhaber und übrigens:

Demnächst reise ich mit ihnen ins kommunistische Russland, das dir so wenig behagt.

Ab und zu höre ich Papas Stimme noch:

Du hättest eine so exzellente Antiquitätenhändlerin werden können mit deinen Kenntnissen, deinem Geschick.

Ab und zu, wenn ich mich einsam fühle, wenn mich die Angst plötzlich packt, mich schwindelig macht, mir allen Lebensmut nimmt, wie ein Fluss, der Geröll und Bäume mit sich reißt.

Ab und zu der Windhauch der Pappeln in Antony, der schwefelige Duft der Buchsbaumhecken im Regen, die Schreie der Käuzchen in den Baumwipfeln, das unterdrückte Husten in Mamans Schlafzimmer.

Geräusche, Gerüche, die unter einer dünnen Erdschicht begraben liegen und bei Wind an die Oberfläche kommen, bevor die nächste Böe sie wieder zudeckt.

Bilder wie der Frisiertisch, Mamans Haarbürste, der Nachttisch mit Medikamenten und Pralinenschachteln, das Gestänge mit Glasphiolen und die Garnrollen auf der Fensterbank.

Aber es könnte ebenso sein, dass ich sie mir nur einbilde, wie auch mein Flüstern:

Ne me quitte pas, Maman.
Do not abandon me.
Geh nicht.

Oder Papas Hand schwer auf meiner Schulter:
Wie kannst du nur deine besten Jahre vergeuden!

Morgen oder übermorgen präsentiere ich dir einen passablen Ehemann, Louise!

Doch nur für Sekunden, während ich sehr aufrecht in meiner Wohnung stehe, umringt von Tagebüchern, Zeichnungen, Skizzenmappen und Leinwänden, und meine langen Haare mit einem Gummiband zu einem Zopf zusammenbinde.

30

Und dann der Moment, an dem ich Papa, ohne drum herumzureden, sage, dass ich eine Galerie aufmachen will. Wir sitzen im Geschäft am kleinen runden Tisch mit Stehlampe. Licht gelangt nur in den vorderen Teil des Ladens. Der Lärm auf dem Boulevard verstummt, die Stille zwischen uns dröhnend laut.

Papa wortlos am Tisch, bevor er sein silbernes Etui mit Gravur aus seiner Jacketttasche zieht – ein Geschenk von Maman: Meinem geliebten Louis! –, es mit einem leichten Klacken schließt, sich genüsslich eine Zigarette anzündet und im Sessel zurücklehnt, die Beine übereinandergeschlagen.

Vermutlich ist das genau der Moment, in dem er davon überzeugt ist, ich hätte endlich Vernunft angenommen.

Du willst also eine Galerie aufmachen, Louise.

Sehr interessante Idee, er lächelt.

Lass das, Papa, hör auf, dich so aufzuspielen. Sag einfach: Besser als diese Jobs anzunehmen, die nichts einbringen und Zeit kosten, Louise. Wenn du Geld für deinen Umzug brauchst, für die neue Ausstellung, für die Miete und Ausbildung, wenn die Assistenz und das Dolmetschen in den Akademien, die Führungen im Louvre, nicht mehr reichen. Ja, eine sehr gute Idee, Louise.

Und sehr langsam, als koste er diesen Augenblick seines vermeintlichen Triumphes aus:

Also keine Künstlerin mehr, sondern eine Kunstverkäuferin!

Und für ein paar Sekunden schnürt es mir die Kehle zu, stehe ich allein oben auf dem Stuhl, während er mich anstarrt in meinem weißen Mäntelchen mit Wollpelz und Spitzenkrägelchen, in dem ich mich kaum bewegen kann. Die Anspannung in meinen hochgezogenen Schultern, in den verkrampften Händen.

Wie verzweifelt ich mich um einen festen Stand bemühe, versuche, im Lot zu sein.

Meine schwarzen Stiefelchen festgeschnürt, der Hut so groß, dass er auf meinen Schultern liegt.

Nicht bewegen, Louise!

Bis es klackt, bis sich alles um mich herum löst, die Worte, die ich mir im Vorfeld überlegt hatte, zurückkommen.

Ich möchte lediglich eine Galerie eröffnen, um Geld zu verdienen. In deinem Laden. Wenn man einen schmalen Teil abtrennt, wäre dein Geschäft immer noch groß genug. Eine dünne Wand, eine eigene Eingangstür, mehr nicht. Die Lage am Boulevard Saint-Germain ist perfekt. Viel Publikum, dazu noch das richtige.

Ich würde etablierte Namen ausstellen: Zeichnungen und Radierungen von Suzanne Valadon zum Beispiel, von Henri de Toulouse-Lautrec, Amedeo Modigliani oder Pablo Picasso. Gemälde von Pierre Bonnard, Paul Serusier, André Utter. Keine Unbekannten, kein Risiko.

Was meinst du?

Er steht auf, lässt sein silbernes Etui in die Tasche rutschen und sagt mit der Entschlossenheit eines Mannes, der gerade ein gutes Geschäft unter Dach und Fach gebracht hat, in dem ich als Künstlerin nicht mehr vorkomme:

Also gut, Louise. Du verkaufst ab jetzt moderne Kunst, und nebenan handele ich mit Antiquitäten und Tapisserien.

Du hast recht, es reicht eine Trennwand und eine eigene Tür.

Zwar nur ein schmaler Schlauch, dafür aber dein eigener Laden in einer perfekten Lage.

Ich werde eine Zeit lang in der Schweiz sein. Du kannst alles für den Umbau veranlassen, Louise.

Das ist ein Anfang, er lächelt amüsiert und verlässt zufrieden den Laden, während mein Blick über all seine antiken Sessel, Stühle, gedrechselten Tischchen, großen Nischen mit Teppichen und Mustern geht. Als tadelte mich die Existenz dieser Dinge, als zeigte sie mir meine Unentschiedenheit.

Motive, Formen, Farben im Stil von Lhote, von Devambez, von Friesz, Bissière, Brayer, Léger.

Massiv. Geometrisch. Farbintensiv. Je nach Vorstellung meiner Lehrer.

Ja, ich lerne, arbeite, habe meine ersten Ausstellungen, aber ich klammere mich an die, von denen ich gelernt habe.

Wo ist meine eigene Stimme?

Macht Papa sich zu Recht Hoffnungen?

Louise, die intelligente und kultivierte Geschäftsfrau, ausgestattet mit dem Pragmatismus ihrer Mutter und dem Geschäftssinn des Vaters.

Eine Galerie bietet sich an. Er weiß, es wird funktionieren. Ich weiß es auch. Es geht darum, leichtes Geld zu verdienen. Und um was noch? Um Abstand, einen anderen Blick auf meine Arbeit durch neue Kontakte zu Pariser Sammlern und Kritikern.

Wieder ein neues Projekt!

Ich habe mich in so viele Projekte gestürzt und weiß trotzdem nicht, wohin ich will. Wonach suche ich? Wie geht es weiter?

Dieses kleine Mädchen, diese kleine Louise, wird dir Sorgen machen.

Papas Kopfnicken, meine Ohnmacht, meine Wut und mein Entschluss, mich nicht einschüchtern zu lassen.

Ich bin nicht da, um eure Träume zu verwirklichen. Ich bin nicht da, um meine kranke Mutter zu pflegen, ich bin nicht da, um meinen kranken Bruder zu versorgen, ich bin nicht da, um mich um Haus, Werkstatt und Geschäfte zu kümmern, ich bin nicht da, um mit der Mätresse meines Vaters auf der Bièvre zu paddeln, ich bin nicht da, um meinen Mund zu halten.

Schhhh, Louise. Schhhh, höre ich Maman flüstern.

Du bist auf dem richtigen Weg. Du hast das Recht zu studieren, bei den besten Lehrern zu lernen. Du hast das Recht, Künstlerin zu sein.

Gib nicht auf, vergiss nicht, wie nützlich dein Talent für uns war. Auch für Papa.

Mich wieder so fühlen wie damals in der geliebten Werkstatt, zwischen gerollten Kartons, Kett- und Schussfäden, Nadeln, Spulen, Spindeln, Webkämmen, Handspiegeln und Scheren.

Die wohltuende Gelassenheit im Raum spüren, mit Arbeiterinnen, die kratzen, zupfen, kämmen, nähen, weben und am Tag höchstens eine Ellenbogenlänge einer Tapisserie restaurieren.

Du zeichnest doch ständig, Louise, du könntest uns nützlich sein!

Es geht um Arbeit, Geduld und Ausdauer. Das ist alles, das ist das Rezept.

Das Verlangen, wieder vorm Spiegel in Antony zu stehen und zu rufen:

Schaut her, ich bin Louise, die zeichnen kann! Ich habe Verstand und Talent. Ich bin wertvoll für euch.

Und trotzdem das verwaiste Mädchen in mir, das in Teppichrollen oder unter der Treppe verschwinden will, unterm Tisch sitzt und aus seinem dunklen Versteck in eine Welt schaut, in der die Tischbeine turmhoch und Papas glänzende Schuhe groß sind wie Boote auf der Seine.

Aufragende Stuhlbeine, die zurückgeschoben werden, eine weiße Serviette in diesem ungewissen Licht direkt neben meiner Hand auf dem Boden. Und als die Tür zum Arbeitszimmer ins Schloss fällt, lausche ich in die Stille hinein. Aber ich höre nichts. Es kommt ja auch darauf an, was man zu hören erwartet. Darauf kommt es an.

Erzähl mir von deinen Träumen, Papa, und wie du als Kind geschaukelt bist, so hoch, dass du Blätter und Wind spürtest, ohne Angst zu haben, dass das Seil reißt. Wie ihr durchgebrannt seid, Maman und du, bei Nacht und Nebel, wie Pyramus und Thisbe, mutig, voller Leidenschaft, fernab jeder Konvention, ohne Heirat, ohne die Zustimmung der anderen.

Maman, wie sie neben dem jungen Louis ihr Fahrrad durch ein sanft gewelltes Hügelland schiebt, an blühenden Apfelbäumen, Ginsterbüschen und Klatschmohn vorbei, und wie sie plötzlich stehen bleibt und ihm mit spitzen Lippen einen Kuss auf die Wange drückt, auf der ihr roter Lippenstift zurückbleibt.

31

Der schmale Schlauch mit Zeichnungen und Radierungen von Valadon, Toulouse-Lautrec, Modigliani, Picasso und Delacroix an den Wänden und Papas perfides Lächeln.

Eine Bildergalerie also!

Moderne Kunst an dünner Trennwand zwischen Antiquitäten und Tapisserien, das könnte tatsächlich ein Anfang sein, Louise.

Ihn vergessen. Einfach nicht darüber nachdenken, ob er einen neuen Stein in seine Holzkiste legen kann oder nicht, denn es ist nicht mein Glücksstein und nicht meine Kiste.

Im Laden jetzt nur das Licht, das durch die hohen Schaufensterscheiben aufs Parkett fällt, und ein schlanker, großer Mann mit himmelblauer Krawatte, der eben die Galerie betritt.

Es stört Sie doch nicht, wenn ich mich ein wenig umschaue?

Sein amerikanischer Akzent. Sein Lächeln, als er vor einer Radierung von Picasso stehen bleibt, als würde er etwas Bestimmtes darin wiederentdecken, während ich, etwas ungelenk, aus dem geblümten Antiksessel in der hintersten Ecke der schmalen Galerie aufstehe, auf ihn zugehe und ihn anstarre.

Au Cirque, sage ich, ohne den Blick von ihm zu lassen.

Aus der Gauklerserie *Les Saltimbanques*, Monsieur.

Ich weiß.

In der oberen Hälfte des Bildes die beiden luftigen, sich synchron bewegenden Figuren, nur ihre Zehenspitzen berühren den Pferderücken, unten der stolze Kopf des Pferdes, seine geduldige Haltung.

Grandios.

Sich beruhigen, das Kleid glatt streichen, die Strähne aus der Stirn, während der Lärm von draußen lauter und leiser wird.

Sich einen kurzen Augenblick lang vorstellen – aber das ist albern, ich kenne ihn überhaupt nicht, weiß seinen Namen nicht, habe ihn nie zuvor gesehen, er ist doch erst vor fünf Minuten hier hereinspaziert –, dass dieser Mann, dass er und ich …!

Es stört Sie doch nicht, wenn ich mich weiter umschaue, Mademoiselle?

Es ist nicht der Lärm vom Boulevard Saint-Germain: Jemand schreit nach einem Taxi, die Glocken von Saint-Sulpice läuten, Autos hupen, kreischende Möwen auf dem Trottoir, die sich manchmal von der Seine hierherverirren. Es ist etwas anderes, das mich am Sprechen hindert. Ich versuche es:

Monsieur …, ringe um eine passende Entgegnung, Frage, Ergänzung, während er sich plötzlich zu mir umdreht und lächelt.

Nur deshalb bin ich in Paris, verstehen Sie. Ich will mehr über Picasso und seine Kunst herausfinden, vor allem der afrikanische Einfluss auf ihn und die Moderne interessieren mich.

Warum diese Kehrtwende von *Les Saltimbanques* hin zu *Les Demoiselles d'Avignon?*

Obwohl ich ihn fragen will, wer er ist, woher er so plötzlich kommt, warum er mich anlächelt, warum er sich so auskennt, warum er diese hellblaue Krawatte trägt, fällt mir nichts ein.

Stattdessen spricht er.

Ich behaupte, es ist die Magie, die Picasso und andere junge Künstler an der Stammeskunst angezogen hat, die Reduktion, das Einfache, Archaische, weil sie es in der westlichen Kunst vermisst haben. Es ist die Offenbarung einer befreienden Kraft des inneren Menschen.

Und ehe ich mich versehe, sind wir in einem lebhaften Austausch über Masken und Fetische, über Kunstströmungen, über internationale Ausstellungen, über Surrealisten und Breton. Und je mehr er erzählt, desto atemloser werde ich. Höre ihm zu, seiner warmen, angenehmen Stimme, seinem breiten Akzent, blicke in kluge blaue Augen, bin verblüfft über seine Kontakte zu bekannten Künstlern in New York, seine Kenntnisse über bürgerliche Kunstkreise in Paris, die weiterhin Virtuosität und Finesse in der Kunst hochhalten, werde plötzlich zu einer unwissenden neugierigen Künstlerin und Frau, der sich ein Tor zu einer spannenden Welt öffnet, einem bisher verschlossenen verzweigten Kunstuniversum.

Und während ich all die anderen Stimmen in meinem Kopf höre:

Hier entlang, mehr Gelb, mehr Farbe!

Konzentriere dich auf die Komposition, auf Einfachheit und geometrische Formen!

Lass deinen Geist ganz natürlich in deine Richtung gehen, gib ihm Raum!,

bin ich mir plötzlich sicher, dass es die Stimme dieses Mannes ist, die mich auf die richtige Spur bringt.

Als risse etwas auf, blinkte und leuchtete, was bis dahin verborgen schien. Als wäre ich aufgewacht.

Die junge Frau im Sessel hebt den Kopf, sieht die Seine unterhalb ihres Elternhauses, das Wasser, das über die Kaimauer schwappt, den Weg überschwemmt, die Böschung hochsteigt bis zum Garten, zum Tor.

Sieht sich plötzlich selbst auf dem Schiff, wie sie den Menschen am Ufer zuwinkt: Henriette, Pierre, Papa. Sieht die Bugwellen an der Kaimauer, das Floß, Brombeerranken, Brennnesseln und Schöllkraut, die ausladenden Zweige der Weiden. Sieht Möwen, wie sie so dicht über die Köpfe der Winkenden am Ufer hinwegfliegen, dass sie große Schatten werfen.

Entschuldigen Sie, höre ich den Mann jetzt lachend sagen, dem ich die ganze Zeit wie eine Schülerin zuhöre, als müsste ich die Geheimnisse seines Wissens entschlüsseln, um gleichzeitig zu verstehen, warum mich seine Anwesenheit so aus der Fassung bringt.

Verzeihen Sie, Mademoiselle, dass ich Sie auf diese Weise mit meinem Vortrag überfalle!

Hier redet der Kunsthistoriker, der gerade aus seiner Doktorarbeit über den Primitivismus in der modernen

Malerei doziert und einfach nicht aufhören kann. Er lacht.

Ich heiße übrigens Robert. Robert Goldwater, Kunsthistoriker aus New York.

Louise. Louise Bourgeois, Künstlerin und Galeristin. Ich lächele ein wenig verlegen, streiche die Locke, die sich aus dem Gummiband gelöst hat, hinters Ohr.

Führe ihn anschließend im Laden herum, zeige jedes Bild und jede Zeichnung, erzähle ihm von mir, meiner Arbeit, den Pariser Akademien, meinen Lehrern. Und als er bei Dunkelheit endlich aufbricht, trägt er nicht nur zwei Bücher unterm Arm, die ich ihm ausgeliehen habe, sondern lässt mich mit der Frage zurück, ob wir nicht in New York zusammenarbeiten könnten.

Papas Hoffnung, die Galerie würde mich auf den rechten Weg führen. Dass es tatsächlich eintreten könnte, nur anders, als er es sich gedacht hat!

Neu anfangen. Was für ein unglaublicher Gedanke!

Alles hinter mir lassen: meine Projekte, meine Arbeit an den Akademien, meine Führungen und Vorträge im Louvre, den Verkauf in der Galerie. Aktivitäten, die mich als Künstlerin und Frau nicht weiterbringen. Mehr noch: Ich glaube langsam, Papa könnte mit seiner Hoffnung recht haben, dass ich als erfolgreiche Galeristin nicht länger als Künstlerin arbeiten werde, wenn ich in Paris bleibe.

Keine Verpflichtungen mehr für das Haus in Antony, für Pierre, für Papas Tapisseriegeschäft. Kein Kampf mehr mit Papa wegen der Verheiratung mit ungeliebten Männern.

Keine vernichtenden Blicke mehr.

Künstlerin? Das bist du nicht, Louise, du wärst eine exzellente Antiquitätenhändlerin!

Zu denken, dass ich am Anfang wäre, am Anfang meines Lebens, am Anfang als Künstlerin, am Anfang als Frau. Als hätte ich alles noch vor mir.

Das Mädchen, das plötzlich wegläuft, das *Runaway Girl*, die Ausreißerin!

In eine neue Welt aufbrechen! Mit einem Mann, der mich beeindruckt mit seiner Ehrlichkeit, seiner Kunstleidenschaft, seinem Intellekt und Können, der mein Talent als Künstlerin, mein Wissen, meine Arbeit achtet. Wir könnten zusammenarbeiten, Kinder haben. Drei Söhne, ich würde sie Michel, Jean-Louis und Alain nennen.

Am nächsten Tag kommt Robert in meine Galerie zurück, kauft innerhalb von fünf Minuten eine Arbeit von Picasso und lädt mich zum Mittagessen ein.

Warum Robert, nachdem ich mich allen Arrangements von Papa mit Selbstmordversuchen, Verlobungsauflösungen und Desinteresse über Jahre erfolgreich widersetzt habe?

Ich kann nicht in Worte fassen, wie es passiert.

Es ist wie ein Blitzeinschlag.

Und vom ersten Augenblick an weiß ich:

Ja, ich will. Ich will ihn, niemand anderen. Ich bin mir sicher.

32

Ab da geht alles so schnell, dass ich kaum Zeit habe nachzudenken.

Nur neunzehn Tage später heiraten wir. Eine schnell arrangierte Hochzeit im engsten Familienkreis, direkt um die Ecke des Teppichladens. Ohne Antiquitätenhändler und die Hautevolee der Pariser Gesellschaft.

Skandalös, warum wussten wir nichts davon. Einen Amerikaner? Sie geht nach Amerika?

Noch schnell ein Foto vom Brautpaar am Place Saint-Sulpice mit Brautstrauß und Trauzeugen, Roberts Freunden links und rechts und Papa, der merkwürdig einsilbig neben uns steht, bevor wir die Stufen zum Hochzeitssaal hinaufgehen.

Trauzeugen, Brautstrauß, Foto, so viel muss sein.

In den Schaukästen der Mairie de Paris der Aushang:

Publication du Mariage entre Robert Goldwater, Professeur d'Université, et Louise Bourgeois, Galeriste.

Oder stand Artiste hinter meinem Namen? Oder beides?

Ich habe es in der Aufregung wohl vergessen.

Artiste Louise Bourgeois auf der Suche nach Inspiration und Vervollkommnung.

Denn man muss seine Zeit nicht mit Lehrern vergeuden, die einen nicht weiterbringen, nicht wahr, selbst wenn man alle liebt wie seine eigene Familie.

Das Ziel ist die Reise, die Sammlung dessen, was mein Leben repräsentiert.

Und deshalb bin ich jetzt sicher, dass auch Galeriste hinter meinem Namen im Aushang stand.

Louise Bourgeois, Artiste, Galeriste, denn nur so habe ich Robert gefunden.

Papas Gesicht, als ich ihm zum ersten Mal von Robert erzähle.

Wer ist es, wer ist es, Louise? Sag mir seinen Namen, seinen Beruf! Aus welcher Familie kommt er?

Und dann sein Entsetzen:

Ihr wollt heiraten? Ihr geht nach New York?

Wie ein alter Mann sackt er in sich zusammen: Wangen, Lippen, Schultern, Beine mit einem Mal erschlafft.

Wo ist der Verführer geblieben, der kerzengerade und herausgeputzt auf der Promenade in Nizza mit jungen Frauen flanierte?

Wo der ewige Charmeur?

Wie schön deine langen Haare sind, Louise. Setz dich zu mir, damit ich sie anschauen kann.

Papa, der mit einem Schlag verfällt und erst Sekunden später wieder Haltung annimmt.

Aber Louise, selbst wenn er aus einer wohlhabenden Familie stammt, was findest du an einem Amerikaner?

Der an einer Zigarette zieht und auf seine glänzenden Schuhspitzen schaut, während Robert und ich strahlend vorm Rathaus stehen.

Ist er eifersüchtig?

Das bist du nicht, Louise! Komm, zeig mir deine langen Haare, zieh die Modellkleider an, die ich dir geschenkt habe, die Schuhe aus Italien, Ohrringe und Seidentücher aus Frankreich.

Oder kauf dir was Schönes!

Aber Papa, sieh mich an. Ich bin's.

Etwa diese Frau da auf dem Foto mit Hut und einem halben Fuchspelz um die Schultern vorm Pariser Rathaus? Der halbe Fuchspelz, über den ich mich vor Kurzem noch amüsiert habe.

Und ist das Robert, dein Ehemann, in diesem skandalösen Straßenanzug?

Wie viele gut betuchte französische Männer haben um deine Hand angehalten, Louise. Und du heiratest einen Amerikaner. Selbst wenn er Professor ist, sein Vater angesehener Arzt eines New Yorker Krankenhauses, seine Mutter Deutsche. Selbst wenn die Familie Geld hat.

Was willst du in New York?

Ja und ja und ja. Ich heirate einen Amerikaner, einen brillanten Gesprächspartner, einen Kunsthistoriker und Professor, einen Freund und Geliebten, jemanden, der in allem ein Gegenentwurf zu dir ist, Papa.

Papa, der mich nicht anschauen mag.

Tu das nicht, Louise. Geh nicht!

Verlegen an seinem Einstecktuch zupft, sich erneut eine Zigarette ansteckt.

Plötzlich hat es ihm die Sprache verschlagen, ihm, der uns mit seinen endlosen Reden am Tisch zur Weißglut brachte.

Auch wenn er auf eine seltsame Art stolz auf mich ist und sagt, er möge Robert und teile seinen Sinn für Humor, jedenfalls behauptet er das in einem Brief an meine Schwiegereltern.

Wie bitte, Papa?

Meinst du die grausamen Witze, in denen du dich darüber lustig machst, dass ich ein Mädchen bin? Ist das Louise oder ist das Louison?

Aber nein, das ist nicht Louise, sie hat da nichts.

Wie bitte, Papa? Du schreibst, du teilst seinen Sinn für Humor?

Ist das ein Zeichen deiner Verzweiflung, deines Frusts, deiner schwindenden Macht?

Und Robert in seiner Ratlosigkeit fragt:

Soll das komisch sein, Louis?

Deine Enttäuschung, die vom Tisch durchs Zimmer wandert und dich verstummen lässt, als wüsstest du plötzlich nicht mehr, was du tun oder sagen sollst.

Armer Papa! Aber es ist mir egal.

Dieses Mal bin ich es, die befreit lacht.

New York!

Unabhängigkeit, Selbstständigkeit, als Frau und Künstlerin! Alles ist ab jetzt möglich!

Louise, dein *Runaway Girl*, Papa!

Immer habe ich Angst gehabt, im Stich gelassen zu werden. Jetzt bin ich es, die Hals über Kopf Paris, Job, Haus und Familie verlässt.

Ich bin verliebt. Ich heirate.

Jetzt und hier in Paris, bevor Robert wieder nach New York abreist und ich ihm folge.

Die ganze Zeit keine Silbe von Papa, als ich mit Robert am Rathaus stehe, am Place Saint-Sulpice mit dem Brautstrauß in der Hand.

Roter Veloursläufer, Marmortreppen, knarzendes Parkett im Salle de Mariage, schwere Kronleuchter und Blattgold an Türen und Wänden, das alles verdoppelt mein plötzlich aufkeimendes klammes Gefühl, Ja zu einem Mann zu sagen, den ich doch eigentlich nicht kenne, ganz zu schweigen von Amerika, dem Land, wohin ich ihm folgen will.

Skandalös, warum wussten wir nichts davon. Einen Amerikaner? Sie geht nach Amerika wegen der Liebe? Ist sie eine Abenteuerin?

Beim Blick aus dem Fenster die Église Saint-Sulpice, in der Papa mich in diesem Moment sicher lieber sähe, wegen der französischen Gesellschaft, nicht etwa wegen seiner Frömmigkeit. Wenigstens kirchlich hätte es zugehen können, aber wie soll das in so kurzer Zeit auch noch klappen?

Skandalös. Ein Amerikaner. Sie geht nach Amerika.

Wie wir beide dann als junges Ehepaar untergehakt die Treppe hinabsteigen, wie im Traum. Verliebt, offen, neugierig, vielleicht ein wenig unbeholfen, in Gedanken schon halb auf dem Weg nach New York. Zwischen uns nichts als die Angst, uns bald trennen zu müssen.

Die Vorlesungen beginnen im Oktober.

Der Universitätsprofessor aus New York muss schon bald nach Amerika zurück.

33

Ich blicke hinaus und hinauf in den Himmel. Die Farben. Die lichtgrünen Bäume hinterm Fenster, das Zittern der Blätter, der Fluss, der sich bei leichtem Wind kräuselt und glitzert, glänzt, schimmert, leuchtet.

Wird es in New York auch so leuchten wie in Paris?

Werde ich weiterhin dieselben Dinge lieben, jetzt, wo ich Robert liebe?

Seltsam. Das, was ich mir so sehr herbeisehne, genau das, was bald anfangen soll, macht mir gleichzeitig Angst:

Angst zu verlassen

Angst zu verschwinden

Angst vor Leere

Angst vor der Stille

Angst vor Unbekanntem

Nur ein kurzes Aufblitzen, ein für Sekunden andauernder unwirklicher Zustand. Sobald ich Robert sehe, verschwindet er wieder.

Vielleicht liegt es an diesem Ort, am Ausblick aus einem treibenden Zimmer mitten in der Seine, dass mir plötzlich schwindelig ist. Als käme etwas ins Schwanken, wenn ich rausschaute. Ein plötzliches Gefühl von Fremdheit. Dabei hatten wir beide Vergnügen an der Vorstellung, unsere Hochzeitnacht in einem Hotel auf einer Insel zu verbringen, in der Auberge de Navigateur.

Was für ein passender Name für ein frisch vermähltes Paar. Mitten in der Stadt, umgeben von Wasser, nur über eine Brücke zu erreichen.

Vielleicht kommt das jähe Schwindelgefühl auch nur daher, dass wir beide wissen, dass uns nicht mehr viel Zeit bleibt, wir zwischen Paris und New York hin- und herschießen wie bei einer Drehtür, die sich mal zur einen, mal zur anderen Seite öffnet, bis einem schwindelig wird und man nicht mehr weiß, welchen Ausgang man nehmen soll.

Noch ein Tag bis zu seiner Abreise und der ständige Gedanke daran, was mit mir passiert, wenn er abgereist ist.

Dass ich nicht allein schlafen will.

Dass die Nacht schwer ist und schwarz ohne ihn.

Dass ich am Fenster stehen und versuchen werde, meinen Standort, meinen Platz neu zu bestimmen, im Verhältnis zum Stand des Mondes und des Polarsterns, die Punkte der Mondsichel verbinde, die Achsen des Großen Wagens verlängere, die Himmelsrichtungen bestimme, weil es mich vom Warten ablenkt, von meinem Kummer, bald von Robert getrennt zu sein.

Die Sehnsucht nach seiner Nähe verwirrt mich.

Unsere Heirat. Was für ein Versprechen!

Ich hätte nie geglaubt, dass das nach Mamans Tod noch einmal möglich wäre.

War diese Liebe schon immer in mir? War sie vergraben? Im Verborgenen wie die Blüten der Mondviolen, die nur nachts ihren Duft verströmen und Nachtfalter anziehen, die sich auf den weißen Blüten niederlassen?

Wie kommst du darauf, dass es in New York nicht auch so leuchtet, Louise?

Lediglich ein kurzes Aufblitzen, ein für Sekunden andauernder trügerischer Zustand, sobald ich Robert sehe; sobald ich meine Wange an seine lege, verschwindet er gleich wieder.

Robert!, rufe ich lachend. Mach dir keine Sorgen, es ist nichts. Es ist nur, dass ich ganz aus der Fassung gerate durch dich. Durch uns.

Und ich nicht einsehen will, dass du ohne mich abreist.

So vieles, was uns plötzlich einholt, was erledigt werden muss, was uns besorgt und betrübt.

Die Zeit drängt, Louise. Aus Österreich hört man alarmierende Nachrichten: die Annexion durch Hitler, der bevorstehende Einmarsch in die Tschechoslowakei. Jüdische Flüchtlinge versuchen in Massen Mitteleuropa zu verlassen, um über die Schweiz von Frankreich aus per Schiff Richtung New York auszuwandern. Erinnerst du dich an das österreichische Paar im Café neulich? Wie traurig und verzweifelt es war? Inzwischen gibt es einige in Paris. Sie alle warten auf ihre Schiffspassage. Du musst dich als Erstes um ein Visum und das Ticket kümmern. Gut möglich, dass alle Plätze von Le Havre nach New York bereits ausgebucht sind.

Ich will dich nicht beunruhigen, aber wer weiß, ob du in Frankreich in Zukunft überhaupt noch sicher sein kannst. Komm, so schnell es geht, nach, versprich es mir!

34

Nur ruhig, mach dir keine Sorgen, Robert, das schreibe ich ihm täglich in meinen Briefen, ich schaffe das schon.

Glaub nicht alles, was in der New York Times steht.

Die gewaltsame Expansion Deutschlands in Europa ist schon Realität, Louise.

Ja, Robert, mir ist die Situation in der Tschechoslowakei bewusst, und Frankreich wird sich nicht raushalten können.

Aber was wird dann mit meiner Familie? Was mit Papa?

Trotzdem, Louise, du musst das erste Schiff nehmen, das du kriegen kannst. Auch die Überfahrt wird irgendwann nicht mehr sicher sein.

Sieh nicht so schwarz, Robert.

Selbst im schlimmsten Fall, wenn Hitler einen Krieg anzettelt, werden nicht alle Franzosen gleichzeitig sterben.

Mach keine Witze, Louise! Schau dir die Flüchtlinge aus Deutschland, Österreich, der Tschechoslowakei an. Du schreibst selbst, dass es täglich mehr werden. Sie alle warten auf ein amerikanisches Visum zur Weiterreise, weil Frankreich auf die Dauer nicht sicher sein wird.

Ich habe Angst um dich. Überall kündigt sich die Katastrophe an.

Fast täglich gehen unsere Briefe hin und her. Und je mehr Tage vergehen, desto dringender will ich zu ihm, einer intuitiven Versuchung folgend, ohne zu wissen, wohin es mich führt.

Wie in einem Traum, aus dem ich gleich aufwachen werde, das Gefühl, alles neu erfinden zu können und dafür das, worin ich mich auskenne, zurückzulassen.

Was wäre passiert, wenn ich dich nicht im Laden getroffen hätte?

Was, wenn ich stattdessen den alten, hässlichen, reichen Geschäftsfreund meines Vaters mit seinem dicken Auto geheiratet hätte, von Papa perfekt ausgewählt für mich?

Nein, nein, nein! Niemals! Dann hätte ich mich umgebracht, ich habe es weiß Gott auf mehrere Arten ohne Erfolg versucht.

Und wenn ich in ein paar Jahren in Paris den großen Durchbruch als Künstlerin erlebt hätte oder mit meiner Galerie erfolgreich geworden wäre?

Wie zufällig ein Leben verläuft und wie sicher man sich ist, wenn die Zeit der Entscheidung kommt.

The Lady in waiting, nicht wahr. Alles passiert zu seiner Zeit, wenn man nur lernt zu warten. So habe ich es von gewebten Mythen und Sagen gelernt. Das Schicksal, das systematisch sein Netz um dich spannt, bis du weißt, was sein soll.

Trotzdem eigenartig, durch die Straßen zu laufen und gleichzeitig zu wissen, dass diese Bilder und Geräusche mich ein letztes Mal auf meinen Spaziergängen begleiten.

Ein allerletztes Mal im Jardin du Luxembourg: Spielzeugboote auf dem kleinen Teich, Kinder, die am Rand mal hierhin, mal dorthin laufen, um ihre gestrandeten Schiffe zu retten; der Duft der Orangenbäume vorm Palais; verliebte Pärchen auf den grünen Bänken; Mauersegler am blassblauen Pariser Himmel. Ein letztes Mal auf dem Marché Bastille. Wer hätte gedacht, dass ich hier Leinenbetttücher zum Besticken mit meinen Initialen finde? Wenn Freunde bei uns übernachten, ist es doch wichtig, dass wir gute Bettwäsche haben, nicht wahr?

Ein letztes Mal am Seineufer bei den Bouquinisten in Büchern blättern und bei unserer Druckerei Visitenkarten mit meinem neuen Namen in Auftrag geben.

Drucken Sie mindestens zweihundert, wer weiß, ob ich in New York jemals solche Karten bekomme!

Ein letztes Mal in den Akademiegebäuden. Darin nur das Licht, der Geruch nach Farbe, Terpentin, feuchten Wänden, Leinwänden, Ölöfen und breiten Himmelbetten, darin nur eine Frau, die in totaler Stille und Konzentration an ihrer Staffelei sitzt, darin eine Künstlerin, vollkommen in ihre Arbeit versunken.

So lächerlich, diese Feierlichkeit und Traurigkeit, obwohl ich doch andererseits federleicht bin, wie im Frühling die weichen Gräser und Blüten unter meinen Fußsohlen fühle, auf fliegenden Sohlen unterwegs bin, weil das Abschiednehmen einfach ist, wenn man liebt und weiß, wie hoffnungsvoll die Zukunft ist und wie groß der Druck, wenn man bleibt.

Wieso glaubst du eigentlich, dass du es dir leisten kannst, meine Arrangements ständig abzulehnen, Louise? Mit sechsundzwanzig wird es langsam eng. Meine Güte, es wird sogar höchste Zeit!

Ich fühle Papas schweren Arm auf meiner Schulter nicht mehr. Höre seine Stimme nur noch leise.

Überhaupt, seit unserer Hochzeit ist er eher einsilbig geworden, dabei habe ich ständig das Gefühl, er wolle gleich etwas sagen, aber wenn er dann spricht, erscheint es mir wirr.

Warum rennst du so weit weg, Louise?

Falls Frankreich in den Krieg zieht und Paris besetzt wird, bei unseren Verwandten auf dem Land bist du sicher. Und um Geld mach dir keine Sorgen! Selbst wenn das Teppichgeschäft einbricht, werden die Mieteinnahmen in Antony uns über Wasser halten. Das Haus wird umgebaut, du kennst ja die Pläne. Da werden bestimmt fünfzehn Familien Platz finden, wenn nicht zwanzig.

Willst du wirklich alles aufgeben, Louise? Was erwartest du von diesem unkultivierten Land? Erinnerst du dich nicht, dass wir den Penis auf Darstellungen der Bildteppiche regelmäßig durch Ranken und Blumenmuster ersetzen müssen?

Because it's not proper, Mr. Bourgeois.

Mehr noch, es ist beschämend, Mr. Bourgeois.

Er lacht.

Schon vergessen, wie verklemmt die Amerikaner sind?

Und ausgerechnet in Amerika soll es ein freieres und besseres Leben für dich geben? Was für eine verrückte Idee!

Außerdem bin ich immer noch dein Vater, der andere Pläne mit dir hat.

Man könnte fast Mitleid mit ihm bekommen.

Aber ich bemitleide ihn nicht.

Wie befreit ich bin!

Papa, der mich seit Tagen in den Schubläden seines Schreibtischs sucht, in der Zigarrenkiste in der hintersten Ecke seines Sekretärs.

Das Mädchen im weißen Mäntelchen mit Pelz und Spitzenkragen, mit fest geschnürten schwarzen Stiefelchen und einem Hut, so groß, dass er auf ihren Schultern ruht. Das Mädchen mit den hochgezogenen Schultern, den verkrampften Händen, das versucht, sich auf dem schmalen Stuhl in der Balance zu halten, im Lot zu sein.

Die Angst zeigt sich in der Starre, nicht wahr.

Nicht bewegen, kleines Püppchen. Nicht bewegen, kleine Louise, meine Louise, meine Louison. Diese Ähnlichkeit, die gleiche Nase, die hohe Stirn. Wir nennen sie nach dir, Louis.

Maman, meine Komplizin, wenn es darum ging, das blutige Taschentuch vor ihm zu verstecken oder die Wahrheit über die Wahl meines Namens zu verheimlichen, wie klug sie gehandelt hat, wie diplomatisch.

Armer Papa, welch ein Betrug, dass Maman bei dem Namen nicht in erster Linie an dich gedacht hat, sondern an Louise Michel. Ihr freier Geist, ihr Wissensdrang machte sie zur Namensgeberin für ihre Tochter Louise. Für mich, für die Louise, die Papa solche Sorgen bereiten sollte.

Und immer noch die Fotos in der hintersten Ecke seines Schreibtischs, die er zu entziffern versucht.

Seine Louison im Poiret-Kleid, im Kostüm von Sonia Delaunay, beim Nachmittagskaffee in Clamart.

Und wo ist der Mann auf dem Foto hinter ihr geblieben, der selbstbewusst und voller Stolz in weißem Anzug mit Zigarette in die Kamera lächelt?

Armer Papa, du wirst mich in den Schubladen auf den Fotos nicht wiederfinden.

Und während ich meine Koffer packe, Dinge aussortiere, meine Kunst und die Kisten mit persönlichen Sachen in Antony unterbringe, Bankkonten und Versicherungen kündige, notwendige Dokumente besorge und die Vermietungen in Antony regele, taucht er eines Tages in der Galerie auf.

Sein merkwürdiger Gesichtsausdruck, als ich mich, gebückt über Kartons und Bilderrahmen, zu ihm umdrehe.

Was ist los, Papa?

Und Papa auf der Schwelle, im Nadelstreifenanzug mit Krawatte, schmaler, dünner als sonst, die Hand noch auf der Türklinke, sagt, ohne mich anzuschauen:

Versuch bloß nicht auf mich aufzupassen, Louise! Bloß nicht!

Und gleich darauf verschwindet er wieder, als ginge es um eine lächerliche Bagatelle, nicht der Rede wert.

Ich kann sein Gesicht nicht erkennen, aber ich bin mir ziemlich sicher, dass er feuchte Augen hatte, auch wenn er das um keinen Preis zugegeben hätte.

Ich werde niemals wissen, was wirklich in dir vorgeht, Papa.

Ich erinnere mich genau, als ich als zwölfjähriges Mädchen für die Werkstatt zu zeichnen begann und du mich vom Flur aus beobachtetest, wie eilig du es plötzlich hattest, als ich aufschaute und dich bemerkte. Fast hättest du die Lampe auf dem Schränkchen im Flur umgerissen. Wie du mir tagelang aus dem Weg gingst, als schämtest du dich vor mir, als hättest du etwas von dir preisgegeben, das du schützen wolltest.

Muss ich mich schuldig fühlen, dass ich dich und alle Verwandten und Freunde jetzt im Stich lasse?

Für einen Moment so tun, als wäre es möglich, noch einmal zurückzukehren, anzuknüpfen an ein verlorenes Gefühl der Nähe. Es wieder neu zu finden.

Hast du jemals von meiner Angst gewusst, Papa?

Von meiner Angst vor Flüssen, die nachts über die Ufer treten, vor wildem steigendem Wasser, das mich samt unserem Haus in die Fluten reißt? Wir haben immer an einem Fluss gewohnt, nicht wahr, Papa? Und immer hatte ich diese Angst.

Was für eine Angst, Louise?

Am Hals klebt seine Seidenkrawatte, am Körper das weiße Hemd mit dem steifen Kragen, während auf seiner Wange ein Hauch Lippenstift zu erkennen ist, den er offenbar so schnell nicht abwischen konnte, ganz zu schweigen von den Pralinenschachteln und Parfumflakons, die für alle sichtbar auf dem Rücksitz seines Chryslers liegen.

Meine Louise kennt keine Angst. Ich habe sie dir doch ausgetrieben!

Und was für eine wunderbare Kindheit du hattest, Louise! Schöne Kleider von angesagten Designern, eine Gouvernante, die dir Englisch beibrachte, und Reisen nach England, in die Berge und an die Côte d'Azur.

Stell dich nach vorn aufs Foto, damit man deine schönen Haare sehen kann, Louise! Der Fotograf, nach dem Papa geschickt hat, inmitten der Leute auf der Promenade des Anglais in Nizza, Papa lächelnd neben Sadie. Pierre und ich als Vordergrund um sie drapiert.

Der seltsame Anblick des Fotografen, als er halb unter dem schwarzen Tuch verschwindet, bevor er abdrückt und diese heuchlerische Eintracht der Familie für immer festhält, die alle Abgebildeten überdauern soll.

Haben Sie vielen Dank, Monsieur.

Eine schöne Erinnerung für meine junge Frau, für mich und unsere beiden Kinder.

Meine junge Frau?

Wen meinst du, Papa?

Ihm sagen, dass ich seinetwegen gehe, dass ich ihm nie wehtun wollte und trotzdem versucht habe, ihn wieder und wieder zu töten.

Langsam. Mit dem Messer. Stück für Stück.

Erst die Arme, dann beide Beine, schließlich den Kopf und den Rumpf.

Das verlassene, im Stich gelassene, vernachlässigte Kind,

die junge Künstlerin,
die frisch verheiratete Frau,
sie alle haben sich schon lange von dir verabschiedet, Papa.

Die Blumen im gelben Salon sind längst verwelkt, Pralinenschachteln schon seit geraumer Zeit entsorgt. Nur die alten Fotos über der Kommode im Silberrahmen überdauern.

Und Papa ganz verloren auf der Schwelle, die Türklinke in der Hand:

Versuch bloß nicht auf mich aufzupassen, Louise! Bloß nicht!

Armer Papa.

So ganz und gar ohne Macht, so unbedeutend.

35

Ein Traum, in dem Robert und ich durch die rechtwinkligen Straßenschluchten von New York spazieren, kreuz und quer, nur wir beide zwischen Wolkenkratzern hindurch, durch tiefe dunkle Korridore, über denen der blaue Himmel in schmalen Ausschnitten mal rechteckig, mal trapezförmig oder wie ein Stern gezackt sichtbar ist. Die Straßen völlig leer und still.

Ach, wie unglaublich schön es hier ist!, rufe ich, gerate ins Schwärmen, Hüpfen, Taumeln und lache so laut, dass es durch alle Schluchten hallt und von den Mauern als Echo tausendfach zurückgeworfen wird. Da umarmt Robert mich und flüstert mir ins Ohr:

In New York darf man nicht so heftig träumen, Louise. Hier ist es anstößig, so zu träumen.

Nur ein kurzes Aufblitzen, als käme etwas zwischen uns ins Schwanken, ein leichtes Schwindelgefühl und dann lache ich umso lauter.

Diese versteckten Zeichen.

Willst du wirklich alles aufgeben, Louise? Was erwartet dich in diesem unkultivierten Land?

Because it's not proper, Mr. Bourgeois.

Mehr noch, es ist beschämend, Mr. Bourgeois.

Und wenn ich nicht schlafen kann und auf die nächtlichen Geräusche horche, höre ich das Wachsen des Flusses wieder, wie er nach Bäumen greift, nach Dingen, die nicht fest verwurzelt sind, mein Haus erreicht, mein Bett. Und die Angst kommt, sie schnürt mir die Kehle zu. Die Angst, der Fluss risse mich fort mitsamt dem Haus, Geröll, Schlamm und Gestrüpp. Die Angst, er nähme meinen Besitz, meinen Weg, mein Wissen, meine Gefühle, meine Zeit mit sich. Die Angst, die Kontrolle zu verlieren.

Die Angst, dass Menschen mich verlassen, dass sie sich von mir abwenden.

Dass Robert mich verlässt. Seine Freunde. Seine Eltern.

Do not abandon me.

Ne me quitte pas, Maman.

Umarme mich, Robert, hab Mitleid mit mir. Ich will geliebt werden. Ich will überleben, frei sein, entkommen, fliehen.

Halt mich fest!

Und am nächsten Morgen, wenn die Sonne scheint, die Geräusche von der Straße lauter werden, schäme ich mich dafür, bin resolut, tatkräftig und entschlossen, als würden tagsüber andere Gesetze gelten.

Und ich weiß nicht, wie er es schafft, aber Papa verhält sich wie immer so, als ginge alles nach seinen Plänen weiter wie bisher, legt ein wenig zu vertraulich seine gemusterte Seidenkrawatte über das weiße Hemd und beugt sich wohlwollend zu mir herüber.

Was meinst du, Louise? Die Amerikaner lieben unsere Teppiche. Du könntest in New York eine Dependance unseres Ladens aufmachen. Damit diese Angelegenheit mit dir und deiner Auswanderung noch eine gute Wendung nimmt, sozusagen eine kleine Kurskorrektur.

Überleg es dir in Ruhe, Louise! Aber es wäre eine großartige Geschäftsidee in diesen düsteren Zeiten.

Papa, der nicht aufgibt, während ich die Last trage, mich in der Balance zu halten.

Das kleine Mädchen, das auf seinem Stuhl um festen Stand ringt. Die junge Frau, die wie eine Spirale am Ast hängt und nicht weiß, wo oben und unten ist.

Die Tochter, die Hass und Liebe in der Schwebe zu halten versucht, wie bei einem Mobile mit zwei zerbrechlichen Gefäßen.

Die Ehefrau, die einen halsbrecherisch ausladenden Schritt nach New York macht und doch durch ein Eisengewicht in Paris festgehalten wird.

Die Künstlerin und Frau, zwischen Schwer- und Haltepunkt auf der einen und Verlockung und Veränderung auf der anderen Seite.

Gegensätze, die sich nicht auflösen lassen.

Es geht darum, das Gleichgewicht zu halten, nicht wahr.

Ja, ich bin dein Kind, Papa, und bin mit dir, Maman, Henriette und Pierre groß geworden in Paris, Choisy-le-Roi, in Antony und Clamart.

Neulich bin ich, um mich zu verabschieden, noch einmal dort gewesen, habe die Fotos im gelben Zimmer in Antony berührt, du weißt schon, die im silbernen Rahmen. Habe in Mamans Sessel gesessen, durchs Fenster meines Schlafzimmers auf den Garten geschaut, die Buchsbaumhecken, die Bièvre, die Krähen in den Pappelreihen am Ende beobachtet und auf dem Friedhof in Clamart frische Blumen auf Mamans Grab gelegt. Ich bin sogar zum Haus von Mémère und Grandpère gefahren. Alles sieht noch so aus wie früher. Sogar einige Nachbarn von damals leben noch, aber sie sind älter geworden, anders als in meiner Erinnerung. Naiv zu glauben, meine Vergangenheit in der Gegenwart zu suchen, nicht wahr.

Die Gegenwart gibt nichts von der Vergangenheit preis. Sie schneidet sie ab wie mit einer Guillotine, jeden Tag.

Sie zerstört sie. Die Vergangenheit lebt nur in mir, in meinem Körper. Ich will sie bewachen wie einen kostbaren Schatz, ich muss sie rekonstruieren, kontrollieren, wiedererschaffen. Wie Maman es mit den Tapisserien getan hat, Zentimeter für Zentimeter.

36

Schnell noch die Leinenbettlaken besticken, Visitenkarten drucken, die letzten Koffer packen und Tickets für die Schiffspassage buchen. Was werde ich auf dem Schiff anziehen? Welche Dinge soll ich mitnehmen, was hierlassen?

Und wie kann ich überhaupt jetzt abreisen, meine Koffer mit unnützen Sachen vollstopfen und den Menschen, die alles verloren haben und um ihr Leben fürchten, einen der begehrten Plätze zur Überfahrt in die Freiheit nehmen? Weil ich bei Robert sein will! Ich will, deshalb muss ich es tun!

Wie Mann und Frau an einem Drahtseil, die um sich selbst kreisen, nicht wahr, die Körper vollkommen ineinander verschränkt.

Ich funktioniere nur noch, jede Ablenkung kommt mir ungelegen.

Tut mir leid, ich habe jetzt keine Zeit, dir im Laden zu helfen, Papa!

Ich kümmere mich später um dich, Pierre!

Nein, ich kann hier nicht weg, auf Wiederhören!

Den Haushalt auflösen. Sachen sortieren. Packen. Sich verabschieden. Bei der amerikanischen Botschaft ein Visum besorgen.

Roberts mahnende Briefe lesen:

Beeil dich, Louise! Ich schicke dir Geld für die erste Klasse. Mein Vater hat Beziehungen zur Botschaft, er versucht sich für dich einzusetzen. Kümmere dich um die Schiffspassage, es wird nicht leicht sein, noch einen freien Platz zu beschaffen.

Es tut mir leid, schreibt er, wegen des Tempos, der Eile, der Aufregung, dass euer Leben in Paris so plötzlich auf den Kopf gestellt wird. Sag das bitte auch deinem Vater, sag ihm, dass ich dich liebe und immer für dich sorgen werde! Versprochen!

Übrigens, Othon Friesz hält sich gerade beruflich in New York auf, und Fernand Léger ist, wie so viele, vor diesem Wahnsinn in Europa hierhergeflohen.

Beeil dich, Louise! Geh, bevor es zu spät ist!

Oh, Robert, wie wunderbar, Freunde aus meiner Heimat bei dir zu wissen. Ja, deine Ehefrau wirbelt, rennt, hüpft, hopst gerade über alle Hindernisse hinweg, um schnell bei dir zu sein. Geht Punkt für Punkt die Listen durch.

Den letzten Platz auf der Aurania habe ich ergattert, zum Glück! Es geht von Le Havre nach Montréal und von da weiter nach New York. Eine frühere Schiffspassage gab es nicht mehr. Es war knapp, du hattest recht. Papa und Henriette werden mich mit meinem Gepäck nach Le Havre bringen.

Und schreib mir bitte noch mal genau, wie mein neues Zuhause in der Park Avenue aussieht, Robert! Ich bin mir nicht sicher, wie viel Platz wir haben. Sind es nur zwei Räume? Ich würde so gerne möglichst viel aus Paris mitnehmen.

Und wie weit ist die Art Students League von unserem Appartement entfernt? Ich will mich gleich nach meiner Ankunft dort einschreiben, Robert.

Ach, ich habe doch gar keine Ahnung, wie ich mich in New York zurechtfinden soll, du musst mir helfen, sonst gehe ich im Gewusel der Menschen, der Straßenschluchten und dunklen U-Bahnschächte noch verloren.

Obwohl ich Punkt für Punkt auflliste, was zu erledigen ist, Häkchen mache, durchstreiche und kontrolliere, bleibt doch alles, was auf mich zukommt, im Ungewissen, Unsichtbaren.

Ich bin vollkommen ahnungslos.

Weiß weder, wie es in Paris mit Papa, Henriette, Pierre und den Freunden weitergeht, noch, was mich in New York erwartet.

Weiß nicht, wie ich wohnen werde.

Nichts von den Verpflichtungen als Ehefrau des berühmten Experten für afrikanische Kunst, des ersten Direktors des Museum of Primitive Art in New York. Weiß nichts davon, wie schwierig es sein kann, diese Rolle in der New Yorker Szene zu verkörpern und doch als Künstlerin wahrgenommen zu werden.

Weiß nichts von Heimweh, vom Warten auf Briefe aus der Heimat, die man sich Wort für Wort, Satz für Satz einprägt, so lange, bis man sie auswendig aufsagen kann; nichts davon, wie sehr ich Dinge aus Paris, Stoffe, Tapisserien, antike Sessel und Kommoden in New York vermissen werde.

Nichts von der Angst, keine Kinder bekommen zu können, nichts von dem Wunsch einer Adoption.

Weiß nicht, was es heißt, Ehefrau, Mutter von drei Kindern und Künstlerin gleichzeitig zu sein.

Nichts von dem Leben zwischen New York und Paris, dem Weder-hier-noch-dort-Sein.

Sicher bin ich mir nur in einem: Ich will zu Robert, der Rest wird sich von allein regeln.

Und da stehe ich nun, ganz fest auf dem Boden am Hafen in Le Havre. Die Koffer gepackt, bis oben hin vollgestopft mit Dingen, die mich an meine Heimat erinnern, falls mich doch mal das Heimweh überkommt.

Aber als ich sie anhebe, sind sie leicht.

37

Zum Abschied Umarmungen, Küsse und ein mulmiges Gefühl, als ich die hohe schwarze Wand der Aurania vor mir sehe. Nichts anderes, nur diese Wand, die Treppe und dahinter New York mit Straßen in Fluchtlinien und Rastern. Wolkenkratzern, höher als dieses Schiff. Menschen, die sich in Autos, Aufzügen und U-Bahn-Schächten verlieren. Und ich – die seit sechsundzwanzig Jahren nichts anderes kennt als Europa, Frankreich, Paris, als die Seine, die Bièvre, die Creuse – jetzt auf dem Atlantik, dem dunklen Meer, dem schwarzen Wasser, das zwischen mir und Robert liegt.

Die lange Treppe, meine Tasche, schwer an meiner Schulter, während durch die Lautsprecher immer wieder dieselbe Durchsage kommt:

Bitte bleiben Sie an Land, wenn Sie kein Ticket haben!

Zu groß ist die Gefahr, dass blinde Passagiere an Bord kommen, zu begehrt sind die Fahrscheine in die ersehnte Freiheit für all die Auswanderer, die mit dem Wenigen, das ihnen geblieben ist, die steilen Eisentreppen hinab in den Bauch des Schiffes nehmen müssen, wo sie nur die Aussicht auf eine bessere Zukunft in der neuen Welt über die Unterbringung hinwegtröstet.

Bitte gehen Sie nur mit Ticket an Bord!

Allen Besuchern ist die Begleitung zu den Schiffskabinen untersagt!

Also noch nicht mal ein Abschied in meiner Kabine!

Papa, der sich vor mir aufrichtet, als wolle er sagen:

Louise, schau mich noch einmal an, ein letztes Mal!

Was für eine absurde Idee, sich einfach davonzumachen!

Aber ich sage nichts, ich bin einfach nicht imstande, überhaupt etwas zu sagen, sehe ihre Gesichter nur verschwommen durch einen Schleier, sehe, wie Papa und Henriette sich unterhaken, als müssten sie sich aneinander festhalten. Höre entfernt, wie Papa ruft:

Wir besuchen dich, Louise! Sobald es geht, kommen wir.

Höre Henriette hysterisch schreien und weinen:

Ich werde dich niemals wiedersehen, Louise! Ich werde dich niemals wiedersehen!

Papa, der von Weitem zehn Jahre älter aussieht, obwohl er zum Abschied extra seinen weißen Zweireiher angezogen hat und sich bemüht zu lächeln.

Wir besuchen dich bald, Louise! Wir kommen nach New York! Versprochen!

Es ist eine Lüge. Ich weiß, dass es eine Lüge ist.

Das mulmige Gefühl, die hohe schwarze Wand des Schiffes, die Treppe und dahinter New York mit Straßen, die wer weiß wie heißen, und Wolkenkratzern, höher als dieses Schiff.

Mich wieder und wieder umdrehen und winken, kraftlose Finger, die sich von selbst bewegen. Geflatter von Möwen über mir, raschelnde Flügelschläge.

Und plötzlich kein Gesicht mehr, weder von Papa noch Henriette. In der Menge verschwunden, verschlungen vom Gewusel am Kai, von winkenden Händen, wehenden bunten Kleidern, Fahnen, Hüten, Regenschirmen, Koffern. Verschluckt vom Stimmen- und Sprachengewirr, vom Lärm der Schiffsmotoren, Kräne und Autos. Sosehr ich auch nach ihnen Ausschau halte, ich kann sie nicht finden.

Zwei Schatten, die in der Nacht verschwinden.

Hinter mir Passagiere, die mich zur Eile drängen, die es nicht abwarten können. Endlich aufs ersehnte Schiff zu den anderen! Die längst ihr Gepäck in den Kabinen verstaut haben und jetzt an Deck stehen und den Lieben zuwinken, deren Taschentücher und Umrisse sie in der Miniaturlandschaft dort unten suchen, wo alle gleich winzig sind. Vielleicht sticht aus der Menge ein leuchtend weißer Anzug hervor oder ein besonders großer Hut oder ein bunter Schirm. Jedes Detail hier oben ist so viel größer und auffallender als die Spielzeugfiguren da unten.

Und als ich an Deck stehe, der Riesendampfer noch ohne Ziel im Wasser treibt, der eiskalte Wind mir die Haare durcheinanderwirbelt, dröhnt es ohrenbetäubend in meinem Kopf, während ich wie wild die Arme schwinge, tränengeblendet, und Henriette und Papas weißer Anzug für immer im Nebel versinken.

Und plötzlich höre ich deutlich sein Rufen:

Steht er mir nicht fabelhaft, Louise?

Als zöge er jetzt das Einstecktuch aus seinem Jackett und riefe und winkte, nein, als winkte er mit einer großen weißen Serviette, einer von jenen Servietten mit seinen Initialen, die immer neben seinem Teller am kleinen Esstisch in Antony lagen und später manchmal auf Mamans Nachttisch, wenn er ihr das Essen brachte.

Und anschließend strich er nervös über Mamans Bettdecke:

Warum traust du den Ärzten nicht, Louise. Du hörst doch, was sie sagen. Sie haben alles untersucht, ihr Blut, ihr Sputum. Es sieht gut aus.

Sie wird wieder gesund, Louise. Du hast es doch gehört.

Jetzt ist Schluss mit dem Wälzen medizinischer Lexika.

Aber die ständigen Krämpfe! Ihre Schmerzen, Papa!

Verzeihung, Herr Doktor: *un phénomène nerveux épileptiforme?* Was heißt das? Helfen Sie mir.

Es ist weniger die Lunge, Mademoiselle. Eher sind es die Probleme, die sie mit der Menopause hat.

Menopause?

Sieh doch, Louise, heute konnte Joséphine schon wieder zum Essen herunterkommen.

Sie wird wieder gesund, Louise. Du hast es doch gehört.

Du steigerst dich da in etwas hinein.

Setz dich in den Citroën, den ich dir geschenkt habe, und fahre nach Paris. Kauf dir was Schönes!

Oder besser noch, unternimm eine Schiffsfahrt nach Dänemark, Schweden, Norwegen, Polen und Finnland, das bringt dich auf andere Gedanken!

Als sähe ich die weißen Vorhänge in Mamans Schlafzimmer, die durch den Luftzug zum offenen Fenster hinauswehten, wenn er hereinkam. Sich aufblähten und an der Hauswand verfingen. Als hörte ich seinen Atem hinter mir. Fühlte seine Hände auf meinen Schultern. Aber als ich mich umdrehe, ist niemand da.

Und der Wind an Deck, das dunkle Wasser, die Vorstellung, dass in den nächsten neun Tagen nichts weiter als dieses schwarze Wasser unter mir sein wird.

Letzte Rufe der Menschen an Bord, die im Lärm der Maschinen untergehen.

Papas Namen rufen, bevor die Schiffshörner ein letztes Mal tuten.

Mich in seinem Arbeitszimmer verstecken und die Glückssteine anfassen, die Hand zitternd auf Mamans Bettdecke legen und sagen:

Wie fühlst du dich heute, Maman? Schau nur, Papa hat dir wieder einen Rosenstrauß mitgebracht. Ich stelle ihn in die Vase im Wohnzimmer zu den anderen.

Eine heftige Böe peitscht Wellen gegen den Bug und bringt das Schiff ins Schwanken. Ich klammere mich an der Reling fest, halte noch immer Ausschau nach dem wehenden Einstecktuch, dem flatternden weißen Leinenanzug mit Abdrücken von ach so vielen Sommern in Clamart, Spanien, Italien oder sonst wo in Frankreich, wo all die Sadies und Maries, Colettes und Julias dieser Welt auf ihn warteten.

Findest du nicht, dass der Anzug mir fabelhaft steht, Louise?

Kleider sind wie Tagebücher, nicht wahr?

Jedes hat eine Geschichte, eine Vergangenheit.

Ein allerletztes Schwenken der Arme. Dann nur noch Schiffshörner, kreischende Möwen und der Lärm der Maschinen, bevor Taue gelöst werden, die Gangway eingezogen, das Schiff sich bewegt, das Wasser über die Kaimauer klatscht und den Hafen mehr und mehr überschwemmt, nach Menschen greift, die noch immer winken, bis sie mit Himmel und Meer zu einer schwarzen Kulisse verschwimmen.

Und in mir das Schaukeln, die Aufwärts- und Abwärtsbewegungen der Wellen, die Umkehr, der Umbruch, so rasant, dass mir kaum Zeit bleibt, meine Erinnerungsstücke aufzuräumen, zu sortieren und in Schränke zu packen, so wie man doch eigentlich seine Wintersachen aussortiert und aufbewahrt, wenn der Frühling kommt. Als würde ich alle Kleider übereinander und untereinander anhaben, alles gleichzeitig tragen, ohne die Sachen auszutauschen, während die Wellen unter mir einen Teil von mir samt Wurzel fortreißen. Fort von meinen Liebsten, von meiner Heimat, von der Küste Frankreichs. Und der andere Teil bleibt da.

Die Koffer mit meinem Namensschild Louise Goldwater, 26, C230, hat der Steward schon lange an ihren Platz gebracht, so wie die von Elsie Goldsworthy, 48, und John Goldsworthy, 56, C133, und von Ann Gollden, 41, C128, vor und nach mir im Alphabet, denn bei den Massen auf dem Schiff muss alles sehr genau geregelt, aufgestellt und kontrolliert werden, auch das Gepäck.

Und bitte geben Sie die Tickets direkt nach der Einschiffung dem für Sie zuständigen Steward. Der teilt Ihnen auch die übrigen Abläufe mit:

Breakfast: 8 a.m., Lunch: 1 p.m., Dinner: 7:30 p.m. Morning Soup and Afternoon Tea will be served on Deck and in the Public Rooms at 11 a.m. and 4 p.m.

Die Benutzung der Bibliothek ist kostenlos, Deckchairs, Kissen und Decken kann man sich gegen Gebühr leihen, und falls Sie dringende Post zu erledigen haben: Bitte denken Sie daran, dass Sie auf Ihrem Brief den Namen des Schiffes und das Datum Ihrer Abreise angeben und in der oberen linken Ecke gut sichtbar Passagierpost vermerken! Wir leiten die Post gerne weiter, übernehmen aber keine Garantie. Falls Sie von Montréal aus weiterreisen möchten, melden Sie sich bei uns, Ihre Weiterfahrt wird an Bord für Sie organisiert.

Ich stehe an Deck und schaue ins rauschende schwarze Wasser. Der Wind, wie Orgelpfeifen.

Ein Gemisch aus Klängen, Stimmen, Gesichtern, aufleuchtenden Bildern schiebt sich in meinem Kopf zusammen.

Papa, der nun zu Hause ankommt, wie er die Haustür öffnet, das Licht anmacht und seine weiße Anzugjacke auf den Bügel hängt. Seine Schritte im leeren Haus, die lauter werden, bis sie in allen Zimmern widerhallen.

Wie er ins Arbeitszimmer geht, sich auf den mit Vögeln und kunstvollen Blumenmustern bezogenen Sessel setzt,

die Schubladen seines Sekretärs aufzieht,

eine Zigarrenschachtel mit Fotos öffnet,

mich als kleines Mädchen auf einem Schaukelpferd

betrachtet und Mamans beschwörende, besänftigende Stimme hört:

Der gleiche hohe Haaransatz, die gerade schlanke Nase, die dunklen Augenbrauen, schau doch, Louis, das Baby ist dir wie aus dem Gesicht geschnitten, wir nennen es Louise.

Und noch bevor er wieder aufsteht und das Licht löscht, bin ich schon halb auf dem Meer, halb an entfernter Küste, in diesem seltsamen Raum zwischen hier und dort und dem, was dazwischenliegt, gelange schwankend in meine Kabine und strecke mich, ohne das Licht anzumachen, auf meinem Lager aus.

38

Hattest du jemals Angst bei starkem Seegang und meterhohen Wellen, so wie ich in den letzten Tagen, Robert? Und bist du schon mal seekrank gewesen? Eines dieser bleichen armseligen Geschöpfe, die in ihren Kabinen auf dem Bett liegen und am liebsten sterben würden? Ich muss zugeben, ich gehöre zu ihnen, auch wenn ich jetzt gerade an Deck in der kühlen Morgenluft sitze, eingewickelt in eine Wolldecke, und über eine nicht enden wollende blaugraue Fläche blicke, als wäre nichts gewesen. Überm Ozean ein leicht diffuser Dunstschleier und am Horizont glitzerndes Wasser und milde Meereswellen, während ich noch vor wenigen Stunden Angst um mein Leben hatte.

Kennst du das?

Ich weiß so wenig von dir, Robert!

Hast du dich als Kind gerne in Höhlen versteckt?

Was verbindest du mit Farben?

Für mich bedeutet Blau: Frieden.

Und Weiß: Neubeginn!

Was denkst du? Magst du Rosa?

Und wenn ja, bevorzugst du das helle Rosa einer Teerose oder das der Nelke oder japanischen Kirsche?

Das Rosa von Wolken bei untergehender Sonne?

Das Rosa von Marmor?

Eines perlenbestickten Kleides? Meiner Bluse?

Ich weiß so wenig von dir, Robert.

Hast du jemals das Gefühl gehabt, Orte schon einmal zu einer anderen Zeit gesehen zu haben, obwohl das gar nicht sein kann? Die Empfindung, du hättest etwas wiederentdeckt, was es vorher nicht gegeben hat?

Wir hatten so wenig Zeit. Kennst du mich denn? Kenne ich dich?

Das Gefühl, schon eine Ewigkeit in einem schwimmenden Gefängnis dahinzuschaukeln und trotzdem noch eine Ewigkeit vor mir zu haben, bis mein neues Leben anfängt.

Ich muss meinen ganzen Glauben daransetzen, dass wir die richtige Entscheidung getroffen haben.

Sind wir uns sicher?

Manchmal fühle ich mich zerbrochen, als würde ich verschwinden. Könnte mein Gesicht im Spiegel nicht sehen.

Ich bin dann völlig still und weiß nicht, was ich tun soll und warum ich hier an Bord bin.

Ohne die Bibliothek auf dem Schiff wäre ich wohl ganz verloren, dieser dämmrige Ort mit tiefen Sesseln, dicken Teppichen und hohen Mahagoniregalen, in denen sich wahre Schätze hinter Glasfronten verbergen. Neben den goldglänzenden Klassikerausgaben von Balzacs *Le Père Goriot* und *Eugénie Grandet* habe ich sogar einen Band von Jean Gionos *Naissance de l'Odyssée* entdeckt.

Meistens bin ich allein dort, und wenn ich nicht in Büchern stöbere, schreibe ich dir oder kritzele meine Gedankenfedern und Skizzen in mein Tagebuch. Und wie sollte ich die lange Überfahrt ohne das überstehen? Es hält mich am Leben und lenkt mich ab.

Gestern las ich in *Les Regrets* von Joachim du Bellay, einem französischen Renaissancedichter. Desillusioniert vom Verfall Roms und heimwehkrank, schrieb er seine Klagesonette und sehnte sich nach seiner Heimat an der Loire.

Kennst du seine Verse? Ich mag sie sehr, aber ich sollte sie jetzt nicht lesen, sie machen mich traurig.

An manchen Tagen ist alles so düster, als ob unsere Zukunft Mühe hätte, durch den Nebel hindurchzuleuchten. Vor einer solchen Reise hat man immer Angst, nicht wahr?

Bist du dir wirklich sicher mit mir, Robert?

Noch vier Tage, und ich bin bei dir.

Dein *Runaway Girl*, das über den Ozean oder Himmel zu dir schwimmt oder fliegt.

Leichtfüßig gleitet sie durch das blaue Band,

schwebt geradeaus, mühelos,

wie in einem Traum vom Schweben.

Nur wenn sie sich umdreht, tut sich in der Ferne eine Landschaft auf. Ein blaugrüner Garten mit Statuen und Buchsbaumhecken.

Im Traum sehe ich uns im Salle de Mariage, mit Blattgold an Türen und Wänden, unter glänzenden schweren Kronleuchtern. Ich blicke auf lichtgrüne Bäume vorm Fenster, auf das Zittern ihrer Blätter, auf die Seine, die sich bei leichtem Wind kräuselt, und alles glitzert, glänzt, schimmert, leuchtet.

Werde ich weiterhin dieselben Dinge lieben, jetzt wo ich dich liebe, Robert?

Es ist immer noch so unwirklich, wie bei einem Vogel, der erschrocken auffliegt und merkt, dass er in der Luft schwebt.

Was ich mir so sehr herbeisehne, genau das, was bald anfangen soll, macht mir andererseits Angst.

Auf schwarze Augenblicke folgen zum Glück blaue, an denen ich mich hier auf dem Schiff nur hüpfend fortbewegen oder die Treppen rauf- und runterlaufen möchte oder Ann Gollden, 41, C128, umarmen. Und es ist mir egal, ob das lächerlich ist, denn ich kenne sie doch gar nicht.

Ann Gollden, die unter allen Umständen versucht, sich ihren Tee an Deck neben dem allein reisenden älteren Herrn servieren zu lassen. Sie ist ihm auf den Fersen, immerzu auf seiner Spur. Sie wartet darauf, dass er sie ansieht.

So etwas passiert ja nicht so oft, wie bei uns, nicht wahr. Dass beide sich ganz und gar verlieren. Was für ein unerklärlicher, verwirrender Zustand, nur zu zweit vollkommen zu sein.

Sind wir das?

Ach, die Passagiere hier an Bord, Ann Gollden, Elsie und John Goldsworthy und die anderen. Vertriebene und Heimkehrende. Schicksale, so unterschiedlich wie ihre Geschichten. Ihre Hoffnung auf einen Blick, eine nette Geste, ihre Sehnsüchte, von denen die anderen nichts ahnen. Eine völlig inhomogene Gesellschaft, die der Aufenthalt auf diesem Schiff für eine begrenzte Zeit zusammengebracht hat.

Bisweilen wundere ich mich, wie das Durcheinander an Stimmen, an Gesprächen und Gelächter zusammenpasst.

Manchmal gibt es offenbar auch unüberwindbare Grenzen.

Anglokanadier neben Frankokanadiern im Liegestuhl, die sich um wer weiß was streiten. Mit in die Luft gerecktem Zeigefinger wütend diskutieren, bis einer abrupt aufsteht und geht.

Meine Güte, Robert, bestimmte Deckchairs bleiben aus dem Grund frei, es sei denn, es lässt sich aus Platzmangel nicht umgehen.

Gespräche, die ich im Vorbeigehen aufschnappe.

Wo kommen wir denn hin, wenn anglophone Bedienungen kein Französisch verstehen und frankophonen Gästen nichts übrig bleibt, als zu übersetzen. Geben Sie doch den unhaltbaren Zustand in Québec zu: Englisch, Englisch, Englisch! Englisch in den Geschäften, im Handel, auf den Führungsetagen!

Glauben Sie etwa, Französisch setzt sich als Wirtschaftssprache durch? Es dominiert nun mal weltweit Englisch, das kann man uns doch nicht vorwerfen. Im Übrigen sprechen die meisten von Ihnen ohnehin beide Sprachen, also, was wollen Sie. Einkommensunterschiede wird es deshalb wohl nicht geben.

Er vertieft sich in seine Zeitung und nimmt ab jetzt nichts mehr wahr, weder den Steward, der ihn fragt, ob er mehr Tee nachschenken dürfe, noch das Meer, die Wolken, will nichts mehr hören.

Unsere Zweisprachigkeit ist ja gerade das Problem, legt der andere nach. Es ist wie ein sprachlicher Selbstmord, weil nur wir sie praktizieren, nicht Sie. Die einzige Lösung ist die Einsprachigkeit, und zwar Französisch. Französisch auf der Arbeit, in Büros, auf Straßenschildern und in Cafés, anders geht es nicht.

Der Anglokanadier legt wütend seine Zeitung zur Seite. Das hört sich wie ein Schlachtruf zu einem Kreuzzug an: Französische Sprache, französische Kultur um jeden Preis! Weg mit den Englisch sprechenden Kanadiern!

Mit Verlaub, das ist zu viel, da mache ich nicht mit.

Er gibt dem Steward verärgert ein Zeichen.

Ich nehme den Tee im Salon.

Steht abrupt auf, klemmt sich die Zeitung unter den Arm und verschwindet grußlos.

Du meine Güte, Robert, immer noch dieser Hass. Ich mag ja gar nicht zugeben, wie sehr ich mich freuen würde, auf den Schildern in Montréal beide Sprachen zu lesen, weil ich manchmal daran zweifele, ob mein Englisch gut genug ist.

Bei komplizierten Gesprächen mit deinen intellektuellen Freunden hilfst du mir, nicht wahr?

Und wenn morgens auf dem Schiff alles ruhig ist, das Meer fast glatt, das rötliche Licht der aufgehenden Sonne betäubend auf der Wasseroberfläche schimmert und schillert, dann sitze ich oft in der Bibliothek, noch halb im Schlaf, so wie heute, zwischen Traum und Wachsein, und schreibe dir, wie ein Vogel, der erschrocken auffliegt und merkt, dass er in der Luft schwebt.

Ich kann immer noch nicht glauben, dass ich auf diesem Schiff zu dir brause, rausche, schaukele. Nur ein paar Tage noch, dann bin ich am Ziel. Und trotzdem ist das Vergangene so nah, schieben sich ständig längst vergessene Bilder dazwischen:

Maman in ihren dicken Mänteln, unter Wolldecken und Betten. Wie ich ihr ständig Wärmflaschen machte, sie einwickelte. Wie sie mit der Zeit immer kleiner wurde, mehr und mehr in sich zusammensackte, bis sie sich kaum noch im Sessel halten konnte, während ich aufblühte und mich reckte, um Schmetterlinge zu fangen, die glitschigen Kaulquappen aus der Bièvre zu fischen oder auf Apfel- und Birnbäume zu klettern, bis Papa mich zur Ordnung rief:

Komm augenblicklich da aus dem Baum, Louise!,

und ich geduckt und klein aus meinem Versteck kam wie damals aus der Teppichrolle.

Kannst du mir bitte erklären, was du da machst, Louise!

Jedem seinen Platz, jede Sache in seine Kiste, so lässt sich Ordnung schaffen, nicht wahr.

Ich höre das Rollen unter mir, das Stampfen der Maschinen in meiner schwimmenden Bleibe, blättere in *Eugénie Grandet,* streife durch ein Leben, das Balzac vor hundert Jahren beschrieben hat, blicke hinter seine Zeilen und stelle mir eine junge blasse Frau vor, die mit einem despotischen Vater und einer engelsgleich geduldigen Mutter in Frankreich aufwuchs und nie ein eigenes Leben hatte.

Sie beklagt sich nicht über ihr Schicksal, sitzt auf einer morschen Holzbank am Haus und stickt. Blickt jeden Tag auf einen von einer brüchigen Mauer umgebenen Garten mit Glockenblumen, blassen Blüten und verwelktem Gras und erinnert sich an eine flüchtige Liebesbegegnung mit einem Mann, der niemals wiederkommt, während ihr eigenes Leben im Warten auf ihn vergeht. Und die heimliche Hauptperson ist das düstere Haus, in dem sich Eugénies Seele, ihre Erinnerungen und Empfindungen einquartieren, als Abbild ihres Lebens.

Ihre kunstvollen Stickereien häufen sich an. Selbst gefertigte Deckchen, Leinentücher und Kissen gestapelt in einer Truhe, die sie niemals brauchen wird. Leiden und sterben, ohne je gelebt zu haben. Das Merkwürdige ist, dass der Vater sie trotz seiner lebenslangen Demütigung, seines Machtmissbrauchs und Verrats geliebt hat und dass es umgekehrt auch so ist.

Alles, was wir lieben, sollte uns schützen, nicht wahr, Robert.

Es macht mich wütend, dass Eugénie sich nicht wehrt. Diese Verschwendung eines Lebens. Diese Tatenlosigkeit.

Was für ein Glück, Nein sagen zu können. Was für ein Glück, die Erwartungen der Vergangenheit abzuwerfen und neu anzufangen.

Und gestern nun die Lektüre der *Naissance de l'Odyssée*, ich konnte einfach nicht aufhören zu lesen.

Eine Passage hat sich mir besonders eingeprägt, als Jean Giono über die Windstille beim Segeln schreibt. Dass nämlich das Schlimmste daran ist, nicht steuern zu können und nur noch im Wasser zu treiben, ganz auf sich geworfen, ohne die Möglichkeit vorwärtszukommen, ohne die Chance aufzurücken. Es ist ein Zeichen, findest du nicht? Ich meine, dass ich diese Sätze hier auf dem Schiff finde.

Was heißt es schon, älter zu werden, wenn das Leben Jahr für Jahr von allein und in vorgezeichneten Bahnen verläuft.

Wäre das mein Leben geworden, wenn ich in Paris geblieben wäre?

Und würde dann am Ende mein Name auf dem Grabstein in Clamart unter dem von Mémère und Maman und Papa stehen?

Du hast mich wachgeküsst, Robert, aus dem Takt gebracht, hinausgeschleudert in die neue Welt, aufgeweckt, und nun bin ich unterwegs zu ihr.

39

Es ist ein Aufbruch im wahrsten Sinne. Ich bin aufgebrochen.

Ich breche auf ins Ungewisse, ins Unberechenbare, Unsichtbare.

Und ich breche etwas ab, das mir sehr vertraut ist und zu mir gehört.

Auch wenn ich dich verlassen habe, Maman, du bist nicht abwesend, solange es noch deine Anwesenheit in mir gibt.

Es ist kein Abschied, sondern ein Restaurieren, ein Wiedererschaffen deiner Anwesenheit.

Réparation, Maman, nicht wahr.

Sich an dünnen Fäden aus Erinnerungen, Bildern und Orten entlanghangeln, sie neu verweben, reparieren und kontrollieren.

Ich werde sie hüten wie einen Schatz.

Sie sind meine Versicherung, meine Grundlage, mein Nährboden.

Dennoch spüre ich den Abstand, der mich von jener anderen trennt, die ich vor dem Moment war, als ich Robert in meinem kleinen Laden traf, und den ich spüre, je länger ich auf diesem Schiff unterwegs bin.

Ach, wie kann ich mich nur inmitten dieser Widersprüche zurechtfinden.

So etwas wie Verfremdung, Vertilgung meiner selbst, Verwüstung. Angst einerseits und sich federleicht fühlen, auf fliegenden Sohlen mit Wind und Wellen unterwegs sein, getragen werden.

Unbesonnen sein, sich lachend kopfüber in ein neues Leben hineinstürzen.

Wind hören und Orgelpfeifen an der Reling und das Rollen des Schiffes. Und lesen, Roberts Briefe lesen, wieder und wieder, bis ich sie auswendig aufsagen kann.

Trotzdem muss ich die Ereignisse in den Griff bekommen, die mich durcheinanderwirbeln, mich zum Schwanken bringen, muss sie in der Ordnung beschwören, um sie zu retten. Mein eigenes Terrain Schritt für Schritt wiedererobern, um mich neu zu erfinden. Als hätte ich eine Aufgabe zu erfüllen: jene werden, die fliegen lernt, die nicht in den tiefen Abgrund stürzt, der alte und neue Heimat trennt, die als Frau und Künstlerin zu wachsen beginnt in dieser Kluft zwischen Erinnerung und Einbildung, zwischen dem Intellektuellen Robert und dem Tapisserie- und Antiquitätenhändler Louis, zwischen New York und Paris, zwischen der, die nicht im Stich gelassen werden will, und dem *Runaway Girl*.

Inmitten schweigsamer Passagiere, die in ihren Liegestühlen liegen und vor sich hin träumen, inmitten dieser durcheinanderschießenden Gefühle an Deck kritzele ich meine Gedankenfedern ins Tagebuch, während mein Blick auf eine ältere Dame schräg gegenüber fällt. Den unteren Teil ihres Körpers in eine Wolldecke gehüllt, sitzt sie aufrecht in ihrem Sessel, eine Stickerei auf dem Schoß. Sie schaut auf und lächelt freundlich, als sie merkt, dass sie beobachtet wird, wendet sich dann aber gleich wieder ihrer Arbeit zu.

Das Bild wiederholt ein anderes in mir.

Ich sehe Maman im Ohrensessel, eine Petit-Point-Stickerei auf dem Schoß, eingewickelt in eine wollene Decke, wie sie die Nadel mit dem dünnen Stickgarn von rechts oben nach links unten durch den im Stickrahmen eingespannten feinen Leinenstoff sticht, ab und zu innehält, die Fäden zählt, mit dem Fingernagel zurechtzupft und die Sticknadel dann weiter durchzieht.

Wie sie dasitzt im gelben Salon, die silbernen Fotorahmen an der Wand über ihr, und ihre Blicke durch den Raum wandern lässt, während Papa seine Reden am Tisch hält.

Ich bin still an ihrer Seite, bin im Schlafzimmer mit dem Frisiertisch, dem braunen Schmuckkästchen darauf, den Parfumflakons, dem Nachttischchen, auf dem ihre Brille, ihr Gebetbuch und die Medizinflaschen stehen. Sehe das Gestell mit den Glasphiolen in der Ecke, die Pendeluhr im Flur und höre den Sturm, der an Fenstern und Apfelbäumen reißt und alle Äpfel abschüttelt.

Wenn du jetzt plötzlich wiederkämest, Maman, und ich wäre nicht mehr da.

Wenn du mich riefest, und ich könnte dich nicht hören, weil ich auf dem Weg zu einem anderen Kontinent bin.

Hast du mich denn gar nicht mehr erwartet, Louise?
Dann bin ich bei dir, Maman.

Ich bin auf dem Friedhof in Clamart. Eine junge aufrecht stehende Frau mit Pferdeschwanz, die einen Zweig in der Hand hält.

Auf dein Grab aus Sandstein fällt schwaches Licht.

In meiner Vorstellung ist dieser Grabstein so viel höher und größer als ich, umgeben von einem schwarzen schmiedeeisernen Gitter.

Es ist blaue Nacht. Himmel, Kleidung, Hautfarbe blau, nur mein leuchtendes Auge in der Dunkelheit.

Ich bin gekommen, um dir den Zweig zu reichen, den Olivenbaumzweig, der Heilung bringt für erlittene Wunden, und um Verzeihung zu bitten, dass ich alles hingeworfen habe, dass ich dich zurückgelassen, verlassen habe. Obwohl du gar nicht da bist. Diese Schuld, die ich wiedergutmachen muss.

Réparation bedeutet: Restauration, heil machen, in Ordnung bringen, wie die Spinne.

Auch wenn nachts ein Sturm tobt, es regnet oder das Netz durch einen großen Beutefang beschädigt wird, repariert sie es binnen kurzer Zeit.

Meine Erscheinung hat etwas Ruhiges, Andächtiges, etwas wie eine Anrufung mit dem hellen Zweig in der Hand.

Und dann sehe ich deinen Schatten auf dem Grab, versteckt hinter grünen, blauen, schwarzen Schichten. Düster, ein bisschen furchterregend. Schweigend halte ich dir den Zweig entgegen, der weiß leuchtet in der blauen Nacht. In der Ferne tut sich eine Landschaft auf, blaugrüner Garten mit Statuen und Buchsbaumhecken, Phantasiesilhouetten aus meiner Kindheit, meine blaue Schattenwelt, die mich nach Amerika begleitet.

Noch zwei Tage in diesem Gefängnis ohne die Aussicht, Robert bei meiner Ankunft anzutreffen. Robert wird nicht da sein, er ist in Chicago wegen eines Vortrags. Stattdessen erwartet mich eine Freundin.

Meine Angst, allein zu sein in dieser neuen Heimat.
Meine Angst, dass uns doch noch etwas trennt.
Was passiert, wenn ich Robert wiedersehe?
Was ist dann?
Werde ich seinen Eltern gefallen?
Robert, beruhigend: Mach dir keine Sorgen, Louise, meine Eltern werden dich mögen.
Gestatten Sie? Darf ich hereinkommen?
Ihr verlegenes Schweigen, ihre prüfenden Blicke.
Meine Verwirrung und Verwunderung, als seine Mutter Fragen stellt, eine nach der anderen, ohne Pause, ohne meine Antworten abzuwarten. Andeutungen, Erwartungen, ihr schnelles Amerikanisch, kritisches Stirnrunzeln.
Was soll ich tun?
Ja, ich bin Roberts Ehefrau.
Ich weiß den Haushalt zu führen, Gesellschaften zu geben und mich gut zu kleiden, möglicherweise bin ich in euren Augen ein unerträglicher Fehler, etwas, was sich zwischen euch und euren Sohn schiebt.
Dennoch: Ich bin nicht da, um zuzuhören und meinen Mund zu halten. Ich bin nicht da, um zu gefallen.

Ich bin nicht *Femme Maison*, das eigenartige Mischwesen aus Haus und Körper, in dem ich als Frau und Künstlerin verschwinde.

Ich bin da, um die Erwartungen der Vergangenheit abzuwerfen und neu anzufangen.

Seine Mutter, ein Likörglas in der Hand, ihr bestürzter Blick, zu ihrem Sohn:

Sie ist so wenig kokett, so anders.

Ich hätte nicht gedacht, Robert, dass du dich statt um deine auch um ihre Karriere kümmern würdest.

Schhhh, Louise. Schhhh, höre ich Maman flüstern.

Du bist auf dem richtigen Weg.

Und Robert:

Louise, beruhige dich. Du wirst dich in der Art Students League einschreiben, zur Kunstszene in New York Kontakte knüpfen, du wirst studieren und arbeiten, und eines Tages wirst du deine Stimme als Künstlerin in New York finden.

Spiegelung einer Verfassung, nicht wahr.

Von hart zu weich, von starr zu biegsam, von gespannt zu schlaff, jeder Zustand meiner Seele wird eine Gestalt annehmen.

Arrangieren heißt, sich mit den Dingen einigen.

Ich horche auf die Geräusche des Schiffes, auf das ständige Vibrieren und Rollen, schaue hoch zu den vorbeirasenden dunklen Wolkengebilden und weiß, dass das untrügliche Zeichen dafür sind, dass ein Sturm bevorsteht. Und Regen. Und ein weiterer Tag Seekrankheit in meiner Kabine.

Die Dame mit der Stickerei ist verschwunden, die Liegestühle leer.

Ein Gefühl von etwas, was unwiederbringlich verloren ist, von Zerstörung, als blieben mir nur noch die Tage zum Leben, die es dauert, um in Montréal anzukommen. Als würde die Louise, die ich kenne, für immer verschwinden, selbst wenn ich in den Turmhäusern von New York, in dunklen Straßenschluchten oder auf dem Grund des Hudson nach ihr suchte, ich könnte sie nirgendwo finden.

In solchen Augenblicken möchte ich am liebsten in einem Schlupfwinkel Schutz suchen, einer Höhle, einem Ort mit einer Hintertür, durch die ich fliehen kann aus dieser Zwischenwelt inmitten des Ozeans zwischen Robert und mir, dem Raum des Weder-hier-noch-dort-Seins.

Black days, nicht wahr.

40

Im Traum der Schwefelduft von Buchsbaumhecken im Regen. Ein modriger Fluss, der mich fortträgt und immer wieder an Land wirft, während draußen die aufgehende Sonne erste Strahlen durchs Bullauge schickt und mich an Deck lockt.

Glühende Farben im Wasser gespiegelt, als solle so die Ankunft der Aurania auf dem neuen Kontinent verheißungsvoll angekündigt werden, nachdem ausgeliehene Bücher zurückgebracht, letzte Briefe abgegeben, Dinge aus der Kabine zusammengerafft, Koffer mit den vertraut gewordenen Gegenständen und Kleidern gepackt, mit Namen und Adressen versehen und alphabetisch im Zollschuppen aufgestellt wurden.

Louise Goldwater, 26, C230, vor Elsie Goldsworthy, 48, und John Goldsworthy, 56, C133, und nach Ann Gollden, 41, C128. Kontrolle und Ordnung muss sein.

Ein letztes Mal Morning Soup und Afternoon Tea an Deck, ehe mein neues Leben beginnt.

Es mag an der Höhe des Decks liegen, dem Blick von oben auf eine gekräuselte, in kleinen Wirbeln aufgepeitschte Wasserfläche, in der sich die Sonne spiegelt und Wolken im Vorbeiziehen ihre Schatten werfen, dass sich meine Sinne im Wechsel von Farben, Licht und

Schatten verwirren und in der Entfernung vieles verschwimmt, sodass ich mit einem Mal das steile Ufer des ersehnten Kontinents vor mir sehe, die am Wasserhorizont schwimmenden smaragdgrünen Hänge, Klippen, Silhouetten von Häusern und Schlosstürmen.

Oder handelt es sich um Inseln, an denen wir vorbeiziehen?

Nach Aussagen des Kapitäns haben wir die Einmündung des Sankt-Lorenz-Stroms noch lange nicht erreicht.

Je näher ich komme, desto weiter entfernt sich das Ufer, während seine Gestalt, seine Ausdehnung und Form von Augenblick zu Augenblick eine andere wird.

Das Ergebnis von Luftspiegelungen womöglich, eine Verirrung des Blicks. Bilder, die sich verwandeln, entschwinden, wenn ich sie festhalten will, die zurückkommen, bevor sie erneut verblassen, taumeln, bis ich sie einfange, die Arme um sie schlinge und alles vor meinen Augen neu entstehen lasse.

Louise, wie sie schwebt.

Über Ozean.

Oder Himmel.

Die junge Frau mit den langen blonden Haaren, das *Runaway Girl* mit nichts als einer Tasche in der Hand über dem blauen Band. Leicht, mühelos, ohne schweres Gepäck.

Weit unter ihr die zackigen Gipfel eines Gebirges.

Über ihr in der Ferne vor blauschwarzem Hintergrund ein längliches weißes Haus an einem Fluss. Eine kleine Person schwimmt darin.

Ist es das Haus in Antony, das am dunklen Himmel klein in der Ferne auftaucht? Ist es dasselbe schwebende Mädchen, das sich in der Bièvre ertränken will? Sind es die schroffen Felsen von Aubusson unter ihr?

Als würden die Bilder noch einmal an ihr vorbeiziehen.

Die kleine Louise, die in Kriegszeiten bei den Großeltern am Ufer der Creuse steht, zwischen Felsen, Steinen und Brombeergestrüpp, und beim Auswringen der Teppiche hilft, während das Blut geschlachteter Tiere den Fluss rot verfärbt.

Das junge Mädchen mit Sadie, ihrer Gouvernante und der Geliebten des Vaters, im Ruderboot auf der Bièvre. Ihre Rache- und Mordgedanken. Der weiße Wollmantel mit dem Schalkragen, der stinkende Schlamm.

Die Zwanzigjährige am Bett ihrer kranken Maman mit Glasphiolen und Schröpfköpfen und der Schuld, sie nicht retten zu können.

Die ertrinkende junge Frau in der Bièvre und der nasse Nadelstreifenanzug des Vaters.

Bilder, die sich immer neu zusammensetzen, übereinanderschieben, die Reihenfolge vertauschen.

Das Ergebnis von Luftspiegelungen womöglich, eine Verirrung des Blicks, dem man nicht trauen kann, wenn man auf dem Ozean unterwegs ist.

In der Ferne verdichten sich weiße Wolken zu einer grauen, konturlosen Front. Sie könnte das diffuse Flimmern am Horizont erklären.

Ich spüre bereits den aufziehenden Wind, sehe vereinzelt auffliegende Möwen, die vor der Regenfront fliehen.

Höre ihr Flattern. Und ohne dass ich es will, tragen sie mich erneut fort, in meinem weißen Kinderspitzenkleid, zu Mémère und den Frühstückssonntagen in Clamart, in mein Versteck hinterm Jasmin im Gras, hinter dem von der Sonne aufgeheizten Schuppen. Mit allen Sinnen den Sommer nachfühlen, die stacheligen Gräser unter den Füßen, meine Furcht, entdeckt zu werden, meine Angst vor der Schlange im Schuppen, mein beglückter Ausruf, als Pierre die Bogensehne spannt, das Ziel anvisiert, kurz bevor er die Spannung löst, um den Pfeil abzuschießen:

Bis zu den Sternen! Bis zu den Sternen!

Diese verrückten Sachen. War ich das?

Und wenn ja, habe ich diese Person an jedem neuen Ort zurückgelassen?

Passage dangereux, nicht wahr. Ein gefährlicher Durchgang, ein Käfig mit Räumen, die einem festgelegten Ritual folgen:

von der unbeschwerten Kinderschaukel, den Sonntagen auf Mamans und Mémères Schoß weiter zum Schulpult, zu Amputationen und Verletzungen, zu Bestrafungen.

Weil ein Kind zu lernen hat, was erlaubt ist und was nicht.

Doch wenn es Angst hat, lernt es nichts. Es versteht nichts. Es verfällt in eine Starre, nicht wahr?

Räume des Betrugs:

Dein Vater hat seine Familie im Stich gelassen.

Deine Mutter webt unermüdlich an einer Familiengeschichte, die es nicht mehr gibt.

Räume der Angst vor schaukelnden Stühlen auf Dachböden.

Räume der Hilflosigkeit und Wut auf hölzerne Treppen, die ins Nichts führen, Wut auf verschlossene Türen, hinter denen sich heimlich Fußpaare auf einem Eisenbett verrenken.

Räume der Lust und Verführung, der Zerbrechlichkeit und Isolation.

Eine gefährliche Passage, kein Kind weiß, wie es diese Erschütterungen überleben soll.

Black days. Nicht wahr?

Eigentlich sollte ich genug davon haben.

Ich blicke hinaus auf die endlose blaue Fläche vor mir. Diffuses Flimmern in der Ferne, sich kräuselnde Wellen, eine weiße Spur.

Ich ströme unaufhaltsam fort. Jeden Tag vergrößert sich der Abstand. Ich lasse alles hinter mir.

Trenne Fäden durch, schneide ab, werde von der Heimat abgeschnitten wie das Kind von der Nabelschnur, verlasse und werde verlassen.

Breche ab, was mir vertraut ist und zu mir gehört.

Breche auf, als warte irgendein Wunder auf mich, eine Verheißung, die sich erfüllt.

Trennen, durchschneiden, zerreißen, um Getrenntes wieder zusammenzufügen, nicht wahr?

Leerstellen und Lücken durch neues Gewebe ausfüllen, so wie Fäden eines Spinnennetzes repariert, ergänzt, umgewandelt und erneuert werden. Mich mit neuen Farben und Formen vermischen. Das Blaugrün der Seine, den warmen, weichen Ton der Sandsteinfassaden, das Grau der Straßen – das sich zu bewegen scheint, zu leben, zu changieren –, den unbeständigen, niemals vollkommenen blauen Himmel von Paris mit dem strahlenden Himmel von New York vermengen, dem Tiefblau des Hudson River, den reflektierenden Fensterscheiben der Wolkenkratzer.

Ja, es ist Zeit zum Aufbruch.
Ich mache mich auf den Weg.
Ich bin ein *Runaway Girl*.

Sie schwebt über Ozean oder Himmel oder Blau.
Schwimmt.
Gleitet. Unbeirrt. Leichtfüßig
durch das blaue Band.
Mühelos. Immer geradeaus.
Wie in einem Traum vom Schweben.
Die Haare wie einen Brautschleier um
den Kopf drapiert.
Sehr aufrecht, die Augen nach vorn gerichtet.
Und hinter ihr, in weiter Ferne,
der blauschwarze Himmel Frankreichs,
Phantasiesilhouetten aus ihrer Kindheit,
ihre blaue Schattenwelt.

Epilog

Ich kreise um meine Erinnerung, um die Menschen, die ich verlassen hatte, um das Gefühl ihrer Abwesenheit, der Abwesenheit ihrer Körper, ihrer Stimmen, ihrer Gerüche.
Ich kreise um Andenken an Verwandte, die allmählich gesichtslos wurden, je länger ich von ihnen getrennt war.
Ich quäle mich mit Gedanken an das, was war, anstatt mich auf meine Kunst zu konzentrieren.

Und als ich es endlich konnte, als ich mir Raum verschafft hatte, formte ich lebensgroße zarte Holzstelen, ohne Arme und Beine, abstrakte Gestalten, totemartige Figuren, die die Seelen der Menschen zurückholten, die ich in Frankreich zurückgelassen hatte.
Sie schauen sich an, sie neigen sich einander zu, sie neigen sich mir zu. Sie stehen allein, bilden Gruppen, Paare. Je nachdem, wie sie im Raum angeordnet sind, verbünden und verknüpfen sie sich, nehmen Kontakt untereinander und mit mir auf.
Eine zerbrechliche Beziehung, nicht wahr?
So instabil und fragil wie ihr Stand, ihr loser Kontakt zum Boden. Wie übermenschlich ihre Anstrengung

ist, sich aufrecht zu halten. Sobald sie die Balance verlieren, drohen sie umzufallen.

Ich sehe ihre Angst.
Zu fallen. In einem geteilten Körper eingesperrt zu sein.
Die Angst vor Abhängigkeit, vor Auslieferung, Preisgabe.
Ich will enthüllen, entblößen.
Ich will die Entblößung einer Anordnung in meinem Innern, die fortschreitend auseinanderfällt, sich auflöst und umwandelt.
Ich will Oberflächen abziehen, Häute abkratzen. Abschleifen.
Ich will die Erinnerung in immer wieder neuen Experimenten durchleuchten, mit verschiedensten Materialien, Aufstellungen und Formen präzisieren, um sie neu zu erschaffen.
Zu kontrollieren.
Zu verwandeln.
Ich will in sie hineinbohren, sie aneinanderreihen, übereinanderschieben, abschneiden, polieren, aufeinanderstapeln, verdrehen, aufhängen, teilen, zersplittern, zerlegen, um sie wieder neu zusammenzusetzen, zu vernähen, zu verweben.
Ich verwandle und erneuere, so wie sich das Leben unendlich umwandelt.

Auf der einen Seite kämpfe ich mit den Werkstoffen:
Holz, Marmor, Stahl, Bronze, Glas, Latex, Papier, Gewebe.

Ich probiere alles aus, was ich vorfinde: Angeschwemmtes, Gesammeltes, Aufbewahrtes, Zufälliges.
Ich diktiere, aber das Material reagiert auf seine Art.

Auf der anderen Seite ringe ich mit mir.
Mit meinen Ängsten, meinem inneren Chaos, meinen Emotionen und Erinnerungen.
Ich wandele sie um. Sie nehmen Gestalt an, werden zu Skulpturen, zu Figuren, Körpern. Meinen Körpern. Meinem Raum.
Angst und Starre werden zu Schmerz, Trauer, Verlust, Verwundbarkeit, Zärtlichkeit, Gewalt, Enttäuschung, Liebe, Wut, Grausamkeit, Aggression, Hass, Einsamkeit, Verlassenheit, Isolation.
Ich zerstöre und löse auf, um zu verwandeln.

Wie eine Spirale, die um ein Zentrum verläuft und sich je nachdem, aus welcher Perspektive ich sie betrachte, von diesem Zentrum entfernt oder sich ihm annähert, so habe ich mit meiner Kunst versucht, meinen Emotionen eine abstrakte Form zu geben, das innere Chaos unter Kontrolle zu bringen.
Ich war eine Raupe, die so lange Seide aus ihrem Maul zog, um ihren Kokon zu bauen, bis sie aufgebraucht war und starb.

Ich bin der Kokon.
Ich habe kein Ich.
Ich bin mein Werk.

Ich bin die aus Stoffstreifen zusammengeflickte Frau unter einer Glasglocke, dem Blick von außen vollkommen ausgeliefert und doch durch eine zerbrechliche Wand isoliert.

Ich bin *Twosome*, das höllisch rot leuchtende Ungetüm, das sich mit zwei ungleich großen Zylindern auf Schienen aufeinander zu- und auseinanderbewegt. Sex und Geburt. Sich aufnehmend und ausstoßend.

Ich bin *Femme*, die Schwangere aus Bronze, die am Bauchnabel aufgehängt von der Decke baumelt, hilflos dem Muttersein übergeben.

Ich bin *Pierre,* der auf der Seite liegende Kopf, aus rosafarbenem Stoff zusammengestückelt, mit offenem Mund, einem Ohr, einem geschlossenen und einem offenen Auge.
Eine zerrissene Seele, unrettbar verloren.

Ich bin *Henriette*, das steife Bein aus Bronze, das von der Decke hängt, Zeichen für Beschädigung und Verletzung, für seelische und körperliche Verwundbarkeit.

Ich bin *Lady in Waiting* in einer klaustrophobischen Zelle, die armlose Frauenpuppe aus Teppichresten – unauffällig getarnt in einem Sessel mit demselben Stoff –, aus deren Schoß acht metallene Spinnenbeine, aus deren Mund dünne Fäden wachsen, die

kaum sichtbar mit Garnrollen auf der Fensterbank verbunden sind.
Ich bin die Frau im Hintergrund, geduldig, abwartend, ihr Netz webend, ein Netz, das niemals fertig wird.

Ich bin der gestrickte Januskopf mit zwei Gesichtern, das Zusammentreffen sich widersprechender Extreme: Hass und Liebe, Erinnern und Vergessen, Verwundbarkeit und Gewalt, Erdulden und Handeln, Zerstören und Zusammenfügen, Festhalten und Loslassen.

Ich bin *Spider*, die stählerne Spinne, deren spindeldürre Beine eine fünf Meter große Stahlzelle umklammern, gleichermaßen beschützend und erstickend. Weberin einer Architektur außerhalb des eigenen Körpers. Ich bin der mit zerschlissenen Tapisserien ausgelegte Stuhl im Schutz unter ihr, der nackte Unterkörper eines Cherubs in Siegerpose mit herausgeschnittenem Penis, Amputation männlicher Aggression.

Ich bin *Do-Undo-Redo*, drei überdimensional große Mahnmale für die Triebfedern menschlichen Handelns:
Sich bemühen. Scheitern. Es noch einmal versuchen.

Ich bin *You better grow up*, eine Zelle aus Maschendraht und Glas mit Spiegeln, die sich um die eigene

Achse drehen und den Innenraum mit seinen rätselhaften Gegenständen verzerren. Eine beängstigende Welt für ein Kind, dessen kleine Hände in einer großen liegen, einer erwachsenen Hand, die Teil eines Marmorblocks ist.
Ich bin die Erinnerung an das hilfsbedürftige Kind, das Liebe braucht. Dessen Angst verhindert, die gespiegelte Welt der Erwachsenen zu verstehen.
Ich bin die Erinnerung an das Kind, das erwachsen werden muss, um sich in der verworrenen Welt zurechtzufinden.

Ich bin meine Kunst.

Die Handlung des Romans *Louise* ist inspiriert vom Leben der berühmten bildenden Künstlerin Louise Bourgeois, geboren am 25. Dezember 1911 in Paris, gestorben am 31. Mai 2010 in New York, und den Jahren, in denen sie in Frankreich lebte, bevor sie 1938 den amerikanischen Kunsthistoriker Robert Goldwater heiratete und nach New York emigrierte. Der große Durchbruch als Bildhauerin gelang ihr 1982 durch die erste Retrospektive, die ihr das Museum of Modern Art in New York widmete. Heute zählt sie zu den international renommiertesten Künstlerinnen.

Danksagung

Ich danke meinem Mann, der die Entstehung des Buches mit viel Verständnis, hilfreichen Gesprächen und konstruktiver Kritik begleitete.

Ich danke meinen Kindern, Freundinnen und Freunden für ihre Aufmunterung und ihr offenes Ohr.

Ich danke meinem Bruder für die Unterstützung meiner Recherchearbeit in Paris.

Ich danke meiner Agentin, die den Roman auf den richtigen Weg brachte.

Ich danke meinem Verlag und meiner Lektorin für die wunderbare Zusammenarbeit bei der Fertigstellung des Buches.

Literatur, die mich anregte und begleitete

Das Zitat auf Seite 2 stammt aus:
Bourgeois, Louise, *Album*, hg. von Peter Blum, Peter Blum Gallery, New York 1994.

Bachelard, Gaston, *Poetik des Raumes*, Frankfurt am Main 2003.
Balzac, Honoré de, *Eugénie Grandet*, Zürich 2009.
Balzac, Honoré de, *Vater Goriot*, Zürich 2009.
Bellay du, Joachim, *Les Regrets*, Paris 1930.
Bernadac, Marie-Laure, *Louise Bourgeois, Femme-couteau*, Paris 2019.
Bernadac, Marie-Laure und Hans-Ulrich Obrist (Hg.), *Louise Bourgeois, Schriften und Interviews 1923–2000. Zum 90. Geburtstag von Louise Bourgeois*, Zürich 2001.
Caux, Jacqueline, *Tissée, tendue au fil des jours, la toile de Louise Bourgeois*, Paris 2003.
Crone, Rainer und Petrus Graf Schaesberg, *Louise Bourgeois, Das Geheimnis der Zelle*, München/London/New York 1998.
Frémon, Jean (Hg.), *Louise Bourgeois: Moi, Eugénie Grandet*, Bern/Wien 2013.
Frémon, Jean, *Louise Bourgeois femme maison*, Paris 2008.
Gaßner, Hubertus und Brigitte Kölle (Hg.), *Louise Bourgeois, Passage dangereux*, Hamburg 2012.
Geber, Eva (Hg.), *Louise Michel, Texte und Reden*, Wien 2019.
Giono, Jean, *Naissance de l'Odyssée*, Paris 1987.
Haenlein, Carl (Hg.), *Louise Bourgeois, Skulpturen und Installationen*, Hannover 1994.

Hauser & Wirth (Hg.), *Louise Bourgeois, The Spider and the Tapestries*, Ostfildern, 2014.
Hayward Gallery/Gropius Bau (Hg.), *Louise Bourgeois, The woven child*, London/Berlin 2022.
Küster, Ulf, *Louise Bourgeois*, Ostfildern 2011.
Kuspit, Donald, *Ein Gespräch mit Louise Bourgeois*, Bern 2011.
Larratt-Smith, Philip (Hg.), *Louise Bourgeois, The return of the repressed – Psychoanalytic Writings,* London 2012.
Lorz, Julienne (Hg), *Louise Bourgeois, Structures of existence: The Cells*, München/London/New York 2015.
Meyer-Thoss, Christiane, *Louise Bourgeois*, Zürich 2016.
Müller-Westermann, Iris (Hg.), *Louise Bourgeois, I have been to hell and back*, Stockholm/ Malaga, 2015.
Samoyault, Tiphaine, *La main négative*, Rennes 2008.
Weiermair, Peter (Hg.), *Louise Bourgeois*, Frankfurt am Main 1989.
Xenakis, Mâkhi, *Louise Bourgeois, The blind leading the blind*, Arles 2008.

Filme

Cornard, Brigitte, *Chère Louise*, Les Films du Siamois, 1999.
Guichard, Camille, *Louise Bourgeois*, Arte Video, 2008.
Sohl, Nina und Klaus Sohl, *Louise Bourgeois*, Sohl Media, 2011.

RECHTLICHER HINWEIS

Dieses Buch ist ein Roman. Als solcher ist er Fiktion und versteht sich als Kunst, die keine Fakten, sondern Möglichkeiten und Vorstellungen erschafft. Sämtliche Schilderungen sind im Sinne der Kunstfreiheit als Fiktion anzusehen, wie auch alle im Roman erkennbaren Personen zugunsten der Fiktion von ihren realen Vorbildern zu lösen und als objektivierte Figuren innerhalb des literarischen Stoffes zu lesen sind.

Der Roman erhebt weder Anspruch auf faktische Wahrheit noch auf Vollständigkeit und ist nicht mit einer Biografie zu verwechseln. Trotz umfangreicher Recherche zu Leben und Werk der Künstlerin Louise Bourgeois und der Orientierung an Lebensdaten und -orten sind sämtliche Szenen und Dialoge frei erfunden, neu komponiert und ergänzt durch nacherzählte und in die Phantasie der Autorin überführte Anekdoten aus Kunstwerken, Büchern, Nachschlagewerken, Filmen und Texten und darüber hinaus aus eigenen Recherchen in Aubusson, Paris und Umgebung. Verwendete Bücher, die der Autorin als Inspirationsquelle dienten oder sie während des Schreibens begleiteten, werden im Anhang aufgelistet.

Dieses Buch will keine Beschreibung davon sein, wie es tatsächlich war, sondern seine Leserinnen und Leser auf eine Reise ins Reich der Fiktion mitnehmen, in dem die intime Welt einer außergewöhnlichen jungen Frau und Künstlerin durch Sprache neu erschaffen wird.